JE N'AI PAS LES NERFS ASSEZ ROBUSTES
POUR VIVRE DANS CE MONDE-LÀ !

Gustave Flaubert
Ivan Tourgueniev

Je n'ai pas les nerfs assez robustes pour vivre dans ce monde-là !

Préface de Frank Lanot

LE PASSEUR
—— ÉDITEUR ——

« Du côté des auteurs »,
Le Passeur/Poche

www.lepasseur-editeur.com

© Le Passeur, 2021
ISBN : 978-2-36890-852-5

Préface

Les lettres que se sont échangées Flaubert et Tourgueniev ne forment qu'une partie de l'immense *Correspondance* de Flaubert. Avant d'insister sur la valeur littéraire de ce corpus, il convient de souligner qu'il constitue un remarquable document sur la période charnière qui unit la fin du Second Empire et la Troisième République naissante. Entre les lignes de leur courrier, l'historien des mœurs et des mentalités peut lire le grain d'une époque, les manières de vivre et de parler, les centres d'intérêt et les passions. Certes, nous sommes en présence de deux bourgeois – ils sont, sociologiquement, des bourgeois, même s'ils refusent de tout leur être le fait d'*être bourgeois* –, vivant de leur plume et de leurs rentes, évoluant dans le milieu des Arts et de la Culture. Mais ce couple de bonshommes vieillissants, tel qu'il se peint et se raconte de lettre en lettre, donne à voir ce que Balzac a si bien nommé des *Scènes de la Vie*, en l'occurrence, parisienne et provinciale. Le monde de l'argent et des finances, celui des éditeurs et des auteurs, celui des salons et des cabinets ministériels apparaît au détour d'un paragraphe, d'une confidence ou d'un coup de griffe.

Le regard de Tourgueniev est d'autant plus intéressant qu'il est russe, vivant entre Paris et Bougival, et que, s'il est parfaitement à son aise dans le monde parisien – il fréquente assidûment les Viardot – il pose souvent un œil singulier sur la société du temps, commentant les habitudes et les mœurs de ces Français, si différents des Russes. « Je ne peux vous dire tout ce qui me traverse l'esprit à propos de la France », écrit-il. Il ajoute qu'il se sent incapable de le résumer, et il remet à leur prochaine rencontre le contenu de cette discussion. Et, à l'occasion de quelques séjours en Russie, il fait passer un peu du climat de son pays sur sa correspondance. Ce qui nous vaut cette délirante sortie de Flaubert, qui, écœuré par l'état de la France au sortir de la guerre avec la Prusse, et en proie à la guerre civile, écrit en février 1871 à Caroline Commanville : « Je ne porte plus ma croix d'honneur, car le mot honneur n'est plus français. Et je me considère si bien comme n'en étant plus un, que je vais demander à Tourguéneff (dès que je pourrai lui écrire) ce qu'il faut faire pour devenir russe. »

Flaubert et Tourgueniev se rencontrent le 23 février 1863 à Paris, chez Magny, où se réunissaient auteurs et critiques. Ils ne se connaissent pas, mais chacun d'eux a lu les œuvres de l'autre, et ils s'estiment. Très vite, une amitié se noue, une des plus belles entre deux épistoliers. Ils s'écriront pendant dix-sept années : Flaubert meurt en 1880, le 8 mai, brutalement. Ivan Tourgueniev est en Russie. « Le Moscove » envoie une lettre à son ami, dont il ignore que c'est la dernière : elle arrivera trop tard et ne sera pas lue par son destinataire. Sa lecture est pour nous particulièrement émouvante. La lettre de Tourgueniev à son « bon vieux » commence ainsi : « Ceci n'est pas une lettre – c'est un signe de vie que je donne. » Il parle de son séjour en Russie, et il commente, laconique : « Naturellement, vous ne viendrez pas. » Est-il rien de plus touchant, pour nous, aujourd'hui, que ce « naturellement » si tendrement banal ?

Et la missive se clôt, comme bien d'autres, sur le rituel « à bientôt », signé de « votre vieux Tourguéneff ». C'est la deux cent trente-cinquième lettre, constituant l'ultime chapitre de cette œuvre étonnante, écrite à quatre mains, par ceux que Maupassant appelait « cette paire de géants ».

*

Lorsqu'ils se rencontrent, Flaubert a 42 ans, et Tourgueniev en a 45. Tous deux sont des auteurs connus, reconnus. Flaubert est l'auteur de *Madame Bovary*, roman scandaleux selon le réquisitoire du substitut Pinard, qui a su mettre en évidence le caractère sulfureux d'une telle œuvre. C'est le même Pinard, héraut des bonnes mœurs et de la morale publique, on s'en souvient, qui a également requis, sensiblement à la même date, contre Baudelaire et ses indécentes *Fleurs du mal*. Ivan Tourgueniev, quant à lui, est, selon la formule en vigueur, le plus français des écrivains russes, et le plus parisien : il maîtrise parfaitement notre langue, et ses *Récits d'un chasseur* lui ont valu gloire et succès.

C'est Tourgueniev qui ouvre leur correspondance, par une courte lettre du 1er mars 1863 et, de manière significative, il offre deux de ses livres à celui qu'il a rencontré, la veille, chez Magny. Il n'est pas surprenant que cette union intellectuelle commence sous le signe du livre, tant la littérature occupe une place majeure dans les échanges entre les deux hommes. Pour résumer, en assumant le risque de la schématisation, on proposerait volontiers trois grands axes, traversant en trois sillons identifiables, cette longue conversation littéraire : la création, la critique, le commerce.

Nous sommes à Croisset, où habite Flaubert : l'écrivain est au travail. Il suffit de parcourir un de ses manuscrits pour mesurer, au nombre de ratures, ajouts, réécritures, combien l'enfantement d'un livre se fait dans une douleur et une exigence permanentes. Alors Flaubert lève la tête de son sillon et se met à écrire une lettre à son ami Ivan, qui vit à Paris. « Qu'un ami véritable est une douce chose ! » : la belle maxime de La Fontaine se vérifie à l'envi. Flaubert change de plume, l'épistolier prend le relais du romancier. Au lieu de tenir un journal, d'accumuler notes ou « papiers collés », de noircir des carnets ou des cahiers, Flaubert a choisi la lettre. Le surplomb qu'il prend sur *l'œuvre en train de se faire* prend forme dans un discours adressé, destiné : l'autre, l'ami, est *stricto sensu* un interlocuteur. À Tourgueniev, qui est à la fois un ami et un écrivain, Flaubert confie ses angoisses, ses fatigues, ses déceptions. Il ne pose pas – comme le fait si souvent Gide – à l'écrivain face à lui-même, hamletisant face à son image dans le miroir, narcissique à souhait : Flaubert se montre, pour notre plus grande édification, dans toute la nudité de celui qui doute, qui cherche et qui tâtonne. Il y a de la catharsis, assurément, dans ce travail de confidence, d'autant qu'il sait que son ami lui répondra, et sera à la fois un soutien et un conseil. Tourgueniev joue admirablement ce rôle de camarade bienveillant, qui lui donne bourrades et encouragements, notamment quand ce pauvre Gustave « pioche », comme il l'écrit si souvent, son « fichu bouquin » *Bouvard et Pécuchet*. Il se lamente de l'avoir conçu, menace sans cesse de l'interrompre, détaille par le menu les épuisantes – et inépuisables – lectures qu'il lui faut faire. Il devient idiot, comme le sont, à ses dires, des deux personnages. Parlant de son

« abominable bouquin », il révèle qu'il est « broyé par ce fardeau » et se compare à « un vieux cheval de fiacre, – fourbu mais courageux » (lettre 271).

Tourgueniev est plus discret quant à son travail à proprement parler : il évoque plus volontiers la réception de son œuvre, l'écho que lui donnent critiques et lecteurs. On a l'impression que pour lui les affres de la création sont moins torturantes. En revanche, il a le même souci du beau, du style, de la valeur artistique et esthétique d'un texte littéraire : là est la vraie complicité de ces deux hommes, qui se vivent comme deux écrivains soucieux de la forme, de la manière, s'opposant en cela à la majorité de leurs contemporains. Ajoutons un point essentiel : Tourgueniev est traducteur, et c'est lui qui se charge de la traduction en russe de certains textes de son ami, et singulièrement des *Trois contes*. Il faut relire ce pur diamant qu'est *Hérodiade*, et mesurer ce que peut représenter la transposition dans une autre langue de ce joyau, où les rythmes, les mouvements de phrases, les jeux de sonorités, les notations sont d'un orfèvre.

« Comme cela fait du bien d'admirer ! » écrit Flaubert à son ami, dont il vient de lire le récit *L'Abandonnée* (lettre 71) : Flaubert, ravi, offre un parcours passionnant de ce « morceau de premier ordre », et rend hommage au travail de création de son ami avec une pénétration saisissante. C'est un artisan qui parle à un de ses pairs, et qui lui montre comment il a perçu son travail : on mesure combien la lecture est une collaboration, et combien le lecteur est acteur dans la construction du sens d'un texte. « Vous m'épatez, voilà tout » conclut Flaubert. (Évidemment, Flaubert imagine par anticipation la réaction de son interlocuteur, il prend plaisir à faire plaisir à son ami – lequel attendait impatiemment sa réaction – et il sait qu'Ivan sera, en écho, « épaté » par la finesse critique de Gustave.) Symétriquement, et bien des années plus tard, on lit les réactions de Tourgueniev devant *L'Éducation sentimentale* (lettre 220), à l'occasion de la reparution du roman, comportant de nombreuses variantes : il fait part de son « enchantement », de son « ravissement », mais ne cache pas à Flaubert qu'il y a, selon lui, « une tache dans ce diamant ». Et Tourgueniev de reprocher à Flaubert, arguments fournis à l'appui, « la description du chant de Mme Arnoux » : en effet, Tourgueniev trouve que Flaubert n'a pas été assez précis dans le passage où son personnage se met à chanter, et qu'il aurait fallu choisir des termes plus appropriés. Dans la lettre suivante, par retour de courrier, Flaubert répond, trouve son lecteur « sévère », et s'explique, en révélant la dimension ironique de ses phrases.

Enfin, troisième et dernier terme de ce panorama, le commerce : c'est par ce mot que Montaigne évoque son amitié avec La Boétie,

échanges. Ce mot convient parfaitement
[...] rès fort qui unit ces deux écrivains. On
[...]pé, tout au long de leur correspondance,
par l'importance que chacun apporte à l'œuvre
de l'autre, à son travail. Il est difficile, après la
lecture de leurs lettres, de lire le livre de ces deux
écrivains sans penser à l'influence que chacun a
exercée sur l'autre. Une influence profonde, qui
se diffuse dans les ramifications d'une sève invi-
sible, et qui ne consiste nullement en injonctions
ou ratures. Flaubert est à parité avec le grand
écrivain russe, son aîné, qu'il considère comme
« un maître », alors qu'il est volontiers paternel,
voire professoral, avec le jeune Maupassant dont
il accompagne les débuts, et qu'il tutoie – en
confrère – lors de la parution de *Boule de suif*.
Leur commerce consiste en une *attention* : ce
mot, hélas tombé en désuétude de nos jours,
traduit le soin, l'intérêt, nuancés de curiosité
et d'égards, qui parcourt leurs échanges. Il est
passionnant d'assister à ce que représente pour
eux deux la découverte d'un écrivain qui les
impressionne au plus point : le Comte Léon
Tolstoï. Tourgueniev avoue qu'il « le regarde
comme le premier écrivain contemporain ». Il ne
manque pas d'ajouter, évidemment, que Flaubert
seul « pourrait lui disputer ce rang » (lettre 227).
Tourgueniev envoie à Flaubert les trois volumes
de *Guerre et Paix*, récemment traduit en français. Nous sommes début janvier : à la fin du
mois, Flaubert les a lus, et il juge cet auteur de

premier ordre, louant ses qualités de « peintre » et de « psychologue ». Il assortit ces éloges d'un bémol : la dernière partie lui paraît plus faible, parce que Tolstoï, selon lui, « philosophise ». Il tombe dans le travers que Flaubert déteste au plus haut point, et qu'il ne cesse de combattre : le romancier devenant donneur de leçons, prêchant et vaticinant (lettre 230). D'autre part, quand Flaubert s'extasie devant le dernier opus de Renan, il prend sa plume et veut en faire part à son ami : « J'ai passé la nuit à lire le nouveau livre de Renan, qui m'a charmé » (lettre 106). Cette phrase est toute la lettre : un ami étant, selon la plus simple définition, quelqu'un à qui on veut du bien, Gustave souhaite que son ami partage ce plaisir de lecture : il n'informe pas, il invite au partage. Et l'écho sera, lors d'une prochaine rencontre, une discussion où ils pourront « dégoiser ».

*

Les lettres de Gustave et Ivan offrent un double autoportrait très intéressant, qui permet d'approcher, dans son quotidien, aussi bien l'auteur de *Madame Bovary* que celui des *Eaux printanières*.

« Ah ! mon pauvre ami que la vie est lourde ! » écrit Flaubert en 1878 (lettre 177). Cette existence qui lui pèse, la cause en est à tous les « embêtements » qui lui viennent en foule. À commencer par les ennuis d'argent, dûs aux « mauvaises affaires » qu'il a faites, notamment à des placements douteux. Flaubert vit chichement de ses rentes, et ses lettres fourmillent de détails sur la vie matérielle d'un écrivain, le peu d'argent qu'il gagne avec ses livres, lesquels ne se vendent pas toujours bien. Tourgueniev ne fait pas non plus mystère de ses soucis d'argent, et explique comment un « oiseau de proie » lui a dérobé, par d'habiles manœuvres, la moitié de la part d'héritage qui devait lui revenir. On voit les deux compères négocier avec leurs éditeurs, et Tourgueniev explique, savants calculs à l'appui, ce que gagnera Flaubert avec la traduction en russe de son *Saint Julien l'Hospitalier* : tout dépend du cours du rouble, qui, fin décembre 1876, « varie entre 2 fr 85 et 3 fr 30 » (lettre 125).

Une affaire va les occuper considérablement au début de l'année 1879 : il s'agit de remplacer Sylvestre de Sacy, conservateur de la Bibliothèque Mazarine, et qui se trouve à l'article de la mort. La place, apparemment, n'est pas sans intérêt : Flaubert pourrait compter sur une rente annuelle de 3 000 francs, ainsi que sur un logement à Paris. L'ermite de Croisset réfléchit, fait ses comptes, et demeure sceptique. N'importe : Tourgueniev se met en campagne pour son ami, bat le rappel de tous les soutiens possibles et court les cabinets ministériels autant que les bureaux d'homme influents pour gagner le poste. D'une lettre à l'autre, on découvre tous les développements de l'affaire, jusqu'au dénouement vaudevillesque, montrant Gambetta, sorte de poussah imbu de sa position dominante, traiter Tourgueniev comme un valet, refusant de le recevoir pour cause de sieste digestive ! Tourgueniev raconte la scène avec une belle ironie : Gambetta, appelé tour à tour « le dictateur » et « le grand homme », se montre dans toute la grasse stupidité du politicien parvenu, éconduisant sans le voir ni l'entendre l'homme de lettres. La conclusion de ces échanges est admirable : Tourgueniev invite son ami à dépasser ce marécage et lui dit « Allons, mon bon vieux – il faut jeter tout cela par-dessus bord – et se remettre au travail, au travail littéraire, le seul digne d'un homme tel que vous » (lettre 194). Belle leçon de sagesse, en effet : et dans le « tout cela » laconique, comment ne pas reconnaître les miasmes du bourbier mondain que Flaubert a si bien représenté dans son *Éducation sentimentale* ?

La vie n'est pas seulement lourde à cause des plaies d'argent qu'elle engendre : les deux amis sont en train de vieillir, et leur santé n'est pas au beau fixe. Tourgueniev a beau être une espèce de géant, bon vivant et plein d'énergie, il est sujet à d'épouvantables crises de goutte, qui le font horriblement souffrir, lui accaparent l'esprit, et lui interdisent de se déplacer. En somme, il se plaint. Mais c'est un délice de lecture que de découvrir comment l'écrivain met en mots les souffrances du « cher bon vieux », comme l'appelle Flaubert. À la différence du journal intime, qui fait si souvent le lit de la complaisance et du dolorisme appuyé, la correspondance a pour effet d'interdire – ou au moins d'atténuer – les épanchements : Tourgueniev écrit à Flaubert, il parle sous le regard – imaginé, et différé – de son ami, dont il sait à la fois la douce bienveillance, et la belle causticité. Alors la goutte devient un sujet dont il parle avec esprit, distance, et humour. Là est la véritable essence de la correspondance : elle crée un espace particulier de l'échange, elle imprime sa marque à l'émotion, elle oblige celui qui tient la plume à se sentir double, étant à la fois celui qui écrit, et celui qui lira. D'où l'humour, qui nimbe les plus douloureux épanchements, et cette constante ironie – si bien nommée *polyphonie* –, qui conduit celui qui parle à se mirer au regard de l'autre. Ainsi ce bulletin de santé qu'envoie Tourgueniev en 1877 à son « cher ami » (lettre 148) : « Quand vous me parlez, vous croyez avoir affaire à un être humain : détrompez-vous – je ne suis qu'une vieille vaisselle à goutte. » Et, après avoir décrit son mal, il ajoute : « Dans la nuit qui vient de passer, elle est remontée du talon au genou – et probablement elle n'est pas au bout de ses voyages. » La pointe finale rend lisible tout ensemble la souffrance du locuteur, et sa volonté de ne pas s'y soumettre.

Comment ne pas clore ce chapitre sur une merveilleuse remarque de Tourgueniev ? Nous sommes en 1877, Flaubert sue sang et eau sur *Bouvard et Pécuchet*, dont il vient de terminer le chapitre relatif à la découverte de la médecine par les deux bonshommes. Quant à Tourgueniev, la goutte ne lâche pas le malheureux colosse, et il écrit à son « cher vieux » : « Cette gredine de goutte prend chez moi une tournure mi-chronique et mi-aigüe qui m'ennuie. C'est dommage que Bouvard et Pécuchet aient *fini* leur médecine – j'aurais demandé leur avis. » admirable hommage à son ami : Tourgueniev rend vivants les héros de Flaubert, au point de les faire sortir de leur existence livresque pour les rendre capables d'intervenir dans sa vie. On songe à Balzac qui, au moment de mourir, aurait demandé qu'on appelle Bianchon, le médecin de sa *Comédie humaine*.

*

Un petit nombre de lettres, entre 1869 et 1871, renvoie à ces événements politiques majeurs que furent la guerre avec la Prusse, la chute de l'Empire et la Commune de Paris. Répondant à Tourgueniev qui se dit « stupéfié » par les événements, Flaubert affirme ouvertement sa « haine de la Prusse » et, très en verve, il ajoute : « J'ai passé, dans Paris, toute la semaine dernière. Il y a quelque chose de plus lamentable que ses ruines, c'est l'état *mental* de ses habitants. On navigue entre le crétinisme et la folie furieuse. Je n'exagère nullement » (lettre 30). Voilà l'Histoire jugée.

Cultivant à plaisir sa posture d'ermite, enfermé dans son cabinet de travail et ployant délicieusement sous le faix d'une œuvre qui l'éreinte et l'assomme, Flaubert déclare ne lire « aucun journal » – en soulignant le mot « aucun ». Il continue, dans la même lettre (lettre 124) : « C'est dimanche dernier que j'ai appris par hasard le changement de ministère, ce dont je me fous absolument d'ailleurs. »

Néanmoins, il raille, il moque, il tourne en dérision ces personnalités bouffies qui posent aux personnages avantageux. On croit souvent entendre le rageur auteur du *Dictionnaire des idées reçues*, accumulant les définitifs « Tonner contre ». Ses traits les plus acides vont aux bourgeois : comme son ami Tourgueniev, il affiche le plus grand mépris pour les épiciers et les boutiquiers qui tiennent le haut du pavé dans cette France embourgeoisée de la Troisième République commençant. Il n'épargne pas non plus « la plèbe », reprenant le mot de son ami : pour lui, « elle ne domine que sur ceux qui acceptent son joug » (lettre 60). « La plèbe pue le mot de Cambronne » et, en vieux misanthrope ronchon, il s'offre une sentence latine « *etiam si omnes, ego non* ». En d'autres termes, « même s'ils y vont tous, moi pas ».

Tourgueniev vit à Paris, et mène la vie d'un homme important, reçu dans le monde, dînant et devisant avec ce que la capitale compte de figures connues. Flaubert lui en veut un peu, et on sent une nuance d'aigreur parfois dans son encre. « On cause mal à Paris » écrit-il avec une belle ambiguïté, affirmant à la fois qu'il est difficile de dialoguer tranquillement avec un ami dans le brouhaha de la vie parisienne et, peut-être aussi, que les propos tenus dans la capitale sont autant mauvais que méchants. Voilà pourquoi il invite Tourgueniev à le rejoindre dans sa « cabane », à partager sa solitude, afin qu'ils puissent « tailler une jolie bavette » (lettre 51).

La vieillesse venant, la conversation entre Flaubert et Tourgueniev tourne parfois à l'aigre. À Tourgueniev, qui, en novembre 1879, s'alarme que son cœur lui « donne des ennuis – avec des palpitations, des crampes nocturnes » (lettre 218), Flaubert répond un ton plus haut, et plus noir : « Moi aussi, je me sens parfois bien vieux, bien las, éreinté jusqu'aux moelles. N'importe ! – je continue, & je ne voudrais pas crever avant d'avoir déversé encore quelques pots de *merde* sur la tête de mes semblables. » Et il conclut, étant allé à la ligne : « Cela seul me soutient » (lettre 218).

Voici ce qu'écrit Gustave, le 27 septembre 1876, à celui qu'il appelle « Homme entêté », et avec qui, quelques heures plus tôt, à Paris, il a eu une conversation, devenue bientôt oiseuse, sur les subtilités d'une recette de cuisine : « Ne trouvez-vous pas que nous aurions pu causer d'autre chose pendant la dernière heure ? Mais vous y teniez & vous reveniez là-dessus sans cesse ! Enfin n'en parlons plus ! – C'est une heure de plus que vous *me devez*, être fugace, individu qu'on ne peut avoir chez soi. » Voilà résumé le drame de leur histoire : ils se voient à Paris, et la superficialité volage de la grande ville empêche toute vraie relation ; ils souhaitent se voir à Croisset, mais toujours Ivan s'en trouve irrémédiablement empêché…

Gustave invite. Ivan réfléchit. Gustave réitère. Ivan s'annonce. Il diffère. Il tergiverse. Gustave insiste. Ivan tarde à répondre. Finalement, non, il ne viendra pas. Gustave déplore, regrette. Et reporte. Voilà la matière d'un bon paquet de lettres. Ou plus exactement du paragraphe d'ouverture : car, dans la suite de la missive, comme si on en venait aux *choses sérieuses*, il est question de livres, de lectures, d'écriture, de travail. Et de tous les petits détails de la vie immédiate, dans son cours naturel. C'est-à-dire, on l'aura compris (et eux aussi, à l'évidence), de Littérature.

On le mesure aisément : la proximité éblouit, l'éloignement aveugle. Tout est affaire de distance. Deux boxeurs vont s'affrontant : sont-ils trop éloignés, leurs coups ne portent pas ; trop rapprochés, l'allonge n'est pas possible. Nos deux poids lourds, eux, ont trouvé la bonne distance.

Voici encore ce qu'écrit Gustave : « Quand partez-vous, ou plutôt quand revenez-vous ? C'est bête de s'aimer comme nous faisons & de se voir si peu. » Cette lettre est en date du

6 janvier 1880. Ils se sont encore manqués. Mais ce fut, pour eux, le plus sûr moyen de se trouver. Ils n'ont cessé de s'embrasser, de se serrer les mains, de se traiter de vieux chéris sur le papier : mais qui croit vraiment que le mot chien ne mord pas ? L'espace de la page blanche a donné à leur relation la possibilité de se développer plus, et mieux, que n'importe où ailleurs. Le langage n'est pas le moyen de la relation, il en est le lieu. On comprend, à les lire tous les deux, combien il fait exister le monde réel, et combien cette « amitié littéraire » – comme on dit – est réellement une amitié parce qu'elle est littérature. Tout est affaire de lettres : celles de l'alphabet, celles qu'on s'envoie, et les livres qui se font.

Nos deux amis ont écrit leur amitié, littéralement et dans tous les sens : une sorte de coup de foudre amical a fait naître cette correspondance, *et* cette correspondance a engendré l'amitié de ces deux bonshommes. Belle amitié, tendre et virile, qui invente ses scénarios et ses scènes répétées : Flaubert est parfait en ami délaissé, exigeant et exclusif, qui veut son ami pour lui tout seul. Le reproche peut être même gaillard : à Tourgueniev qui propose que Faubert l'accueille en compagnie d'autres convives, ce dernier répond que ses moyens ne le lui permettent pas. Et, surtout, que « son bonheur serait gâté » s'il voyait son ami préféré arriver chez lui en compagnie d'autres personnes. Et voici comme il conclut : « On ne tire pas un coup en public, nom de Dieu ! » La saillie est bien envoyée, et sans détour.

Il est une double image, cocasse et apparemment saugrenue, mais si touchante, à quoi je veux donner le point final. Un jour, Ivan Tourgueniev a envoyé à Gustave Flaubert, résidant à Croisset, Seine Inférieure, un présent qui l'a bouleversé : du saumon, et du caviar. Gustave remercie. Et puis il commente. Dans la lettre suivante, il revient sur le caviar : « Eh bien, sachez que le caviar, je le mange à peu près sans pain, comme des confitures. » Dans un autre paquet, Ivan avait envoyé une robe de chambre, venue de Russie. Même extase chez Gustave, qui conte par le menu le plaisir de s'en vêtir, et de s'y trouver enrobé. « Ce royal vêtement me plonge dans des rêves d'absolutisme et de luxure. Je voudrais être tout nu dedans & y abriter des Circassiennes » (lettre 145).

Vertige de l'amitié, assurément.

Frank LANOT,
professeur de lettres et écrivain.

Correspondance

1 – Tourgueniev à Flaubert

[Paris, 1ᵉʳ mars 1863]

Cher Monsieur,

Permettez-moi de vous offrir les deux volumes ci-joints ; je vous en enverrai deux autres à votre habitation près de Rouen – dans quelque temps – car il ne faut pas abuser de votre complaisance. Vous seriez bien aimable de venir passer au moins une partie de la soirée de demain lundi chez moi (rue de Rivoli, 210). Nous aurons quelques amis – entr'autres [sic] Madame Viardot qui est désireuse de faire votre connaissance. – Ce serait une façon de diminuer quelque peu le regret que j'éprouve de vous avoir rencontré si tard. – En attendant, je vous prie d'accepter l'expression de ma sincère sympathie.

J. Tourguéneff
Dimanche
Rue de Rivoli, 210.

2 – Flaubert à Tourgueniev

Croisset, près Rouen
16 mars [1863]

Cher monsieur Tourgueneff,

Comme je suis reconnaissant du cadeau que vous m'avez fait ! Je viens de lire vos deux volumes, et je ne puis résister au besoin de vous dire que j'en suis ravi.

Depuis longtemps, vous êtes pour moi un maître. Mais plus je vous étudie, et plus votre talent me tient en ébahissement. J'admire cette manière à la fois véhémente et contenue, cette sympathie qui descend jusqu'aux êtres les plus infimes et donne une pensée aux paysages. On voit et on rêve.

De même que quand je lis *Don Quichotte* je voudrais aller à cheval sur une route blanche de poussière et manger des olives et des oignons crus à l'ombre d'un rocher, vos *Scènes de la vie russe* me donnent envie d'être secoué en télègue au milieu des champs couverts de neige, en entendant des loups aboyer. Il s'exhale de vos œuvres un parfum âcre et doux, une tristesse charmante, qui me pénètre jusqu'au fond de l'âme.

Quel art vous avez ! Quel mélange d'attendrissement, d'ironie, d'observation et de couleur ! Et comme tout cela est combiné ! Comme vous amenez vos effets ! Quelle sûreté de main !

Tout en étant *particulier*, vous êtes général. Que de choses senties par moi, éprouvées, n'ai-je pas retrouvées chez vous ! Dans les *Trois rencontres* entre autres, dans *Jacques Passynkof*, dans le *Journal d'un homme de trop*, etc., partout.

Mais ce qu'on n'a pas assez loué en vous, c'est le cœur, c'est-à-dire une émotion permanente, je ne sais quelle sensibilité profonde et cachée.

J'ai été bien heureux, il y a quinze jours, de faire votre connaissance et de vous serrer les mains. C'est ce que je fais de nouveau, plus fortement que jamais, en vous priant de me croire, cher confrère, tout à vous.

Gve Flaubert

3 – Tourgueniev à Flaubert

Paris
Rue de Rivoli, 210
Ce 19 mars 1863

Cher Monsieur Flaubert,
Votre lettre m'a fait rougir tout autant qu'elle m'a fait de plaisir – et c'est beaucoup dire. De pareils éloges rendent fier – et je voudrais les avoir mérités. Quoi qu'il en soit – je suis très heureux de vous avoir plu – et je vous remercie de me l'avoir dit.

Je vous envoie un livre de moi qui vient de paraître ; j'en publie un autre que je vous enverrai, dès qu'il sera fini. – Vous voyez que je ne vous ménage plus.

Ne comptez-vous pas venir à Paris avant l'été ? Je serais si heureux de continuer mes rapports avec vous qui avaient commencé sous de si bons auspices – et qui – j'en suis sûr pour ma part – ne demanderaient pas mieux que d'aboutir à la plus franche amitié.

Je vous serre la main avec toute celle que je ressens déjà – et vous prie de croire à mes sentiments les plus affectueux.

J. Tourguéneff

4 – Flaubert à Tourgueniev

[Croisset, 24 mars 1863]

Mon cher confrère,

Vous m'avez écrit une lettre bien aimable et vous êtes trop modeste. – Car je viens de lire votre nouveau volume. Je vous y ai retrouvé – et plus *intense*, plus rare que jamais.

Ce que j'admire par-dessus tout dans votre talent, c'est la *distinction* – chose suprême. Vous trouvez le moyen de faire vrai sans banalité, d'être sentimental sans mièvrerie & comique sans la moindre bassesse. Sans chercher les coups de théâtre, vous obtenez par le seul *fini* de la composition des effets tragiques. Vous avez l'air très bonhomme & vous êtes très fort. « La peau du regnard jointe à celle du lion », comme dit Montaigne.

C'est une belle histoire que celle d'*Éléna*, j'aime cette figure, & celle de Choubine, et toutes les autres ! On se dit en vous lisant : « J'ai passé par là. » Ainsi je crois que la page 51 ne sera sentie par personne comme par moi. Quelle psychologie ! – Mais il faudrait bien des lignes pour vous exprimer tout ce que je pense.

Quant à votre *Premier amour*, je l'ai d'autant mieux compris que c'est la propre histoire d'un de mes amis très intimes. Tous les vieux romantiques (et j'en suis un, moi qui ai couché la tête sur un poignard), tous ceux-là doivent vous être reconnaissants pour ce petit conte qui en dit si long sur leur jeunesse. Quelle fille excitante que Zinotchka ! – C'est une de vos qualités que de savoir inventer des femmes. Elles sont idéales & réelles. Elles ont l'attraction & l'auréole. Mais ce qui domine toute cette œuvre et même tout le volume, ce sont ces deux lignes : « ... Je n'éprouvais p[ou]r mon père aucun sentiment mauvais. Au contraire, il avait encore grandi, p[ou]r ainsi dire, à mes yeux. » Cela me semble d'une profondeur effrayante. Sera-ce remarqué ? Je n'en sais rien. Mais, pour moi, voilà du sublime.

Oui, cher confrère, j'espère que nos relations n'en resteront pas là, & que notre

sympathie deviendra de l'amitié. J'y compte
& j'en suis sûr.

D'ici là, mille poignées de main

de votre
Gve Flaubert.
Croisset
Mardi soir.

5 – Tourgueniev à Flaubert

Paris
Rue de Rivoli, 210
Ce 6/18 avril 1863

Mon cher confrère,

Je n'ai pas besoin, je l'espère, de vous dire
combien votre seconde lettre m'a fait de plaisir – et plus que du plaisir. – Si je ne vous ai
pas répondu sur-le-champ – c'est que j'ai eu à
me dépêtrer d'une foule de désagréables petites
affaires qui m'ont rendu maussade et paresseux
à la fois. – Ces misères durent encore – mais
j'ai conscience d'attendre plus longtemps. – J'ai
compté et je compte encore sur votre indulgence
– et je veux surtout vous dire merci et vous serrer la main.

Je suis très heureux de votre approbation
et vous devez en être persuadé : je sais bien
qu'un artiste et un homme bienveillant comme
vous lit entre les lignes d'un livre une foule de

choses, dont il sait généreusement gré à l'auteur : mais c'est égal. – Des éloges venant de vous valent de l'or – et je les empoche avec orgueil et reconnaissance.

Ne nous verrons-nous pas dans le courant de l'été ? Une heure de bonne et franche causerie vaut cent lettres. Je quitte Paris dans huit jours pour aller m'établir à Bade. – N'y viendrez-vous pas ? Il y a là des arbres comme je n'en ai vu nulle part – et tout en haut des montagnes. C'est vigoureux, jeune – et c'est poétique et gracieux en même temps. Cela fait beaucoup de bien aux yeux et à l'âme. – Quand on est assis au pied de l'un de ces géants, il vous semble que vous lui prenez un peu de sa sève – et c'est bien bon et bien utile. – Vrai, venez à Bade, ne fût-ce que pour quelques jours. – Vous en rapporterez de fameuses couleurs pour votre palette.

Vous recevrez avant mon départ un livre de moi qu'on achève de publier. Je vous bourre – mais il y a de votre faute.

Mille amitiés ; portez-vous bien, travaillez et venez à Bade.

Tout à vous

J. Tourguéneff

6 – Flaubert à Tourgueniev

Croisset, près Rouen
20 mars [*sic, pour avril*] [1863]

Bourrez-moi donc, cher confrère ! J'attends votre livre avec impatience, et je le lirai avec délectation, j'en suis sûr.

Moi aussi, j'ai eu des embêtements tous ces temps derniers. Vous voyez que la sympathie est complète.

Je ne crois point pouvoir aller à Bade, parce que j'aurai cet été plusieurs dérangements forcés. Quand serez-vous de retour ? Et envoyez-moi votre adresse.

Je passerai à Paris tout le mois de juin ou tout le mois d'août. En tout cas, à l'hiver prochain.

Mille poignées de main très longues et très fortes de votre

Gve Flaubert

7 – Tourgueniev à Flaubert

Bade
Thiergartenstrasse, 3
Ce 26 mai 1868

Mon cher ami,

Je vous remercie beaucoup d'avoir eu l'idée de m'écrire. Votre lettre m'a fait un bien grand plaisir – parce qu'elle a renoué nos relations – et parce qu'elle m'a fait voir que mon livre vous a plu.

Il n'y a plus d'artiste par le temps qui court – qui ne soit doublé d'un critique. L'artiste est fort grand en vous – et vous savez combien je l'admire et je l'aime ; – mais j'ai aussi une haute idée du critique et je suis très heureux de son approbation. Je sais bien que votre amitié pour moi y est pour quelque chose : mais je sens qu'un maître s'est placé devant mon tableau, l'a regardé et a hoché la tête d'un air satisfait. – Eh bien, cela m'a fait plaisir, je le répète.

J'ai bien regretté de ne pas vous avoir vu à Paris – je n'y suis resté que trois jours, et je regrette encore davantage que vous ne veniez pas à Bade cette année. – Vous vous êtes attelé à votre roman – c'est bien – je l'attends avec la plus grande impatience – mais ne pourriez-vous pas vous donner quelques jours de repos – dont vos amis d'ici profiteraient ? Depuis la première fois que je vous ai vu (vous savez, dans une espèce d'auberge – de l'autre côté de la Seine) – je me suis pris d'une grande sympathie pour vous – il y a peu d'hommes, de Français surtout, avec lesquels je me sente si tranquillement à mon aise et si éveillé en même temps – il me semble que je pourrais causer avec vous des semaines entières – et puis nous sommes des taupes qui poussons notre sillon dans la même direction.

Tout ceci veut dire que je serais bien content de vous voir. Je pars pour la Russie dans une quinzaine de jours, mais je n'y resterai pas long-temps – et dès la fin de juillet je serai de retour – et j'irai à Paris pour y voir ma fille, qui m'aura probablement rendu grand-père à cette époque. Je serais homme à aller vous relancer jusque chez vous – si vous y êtes. – Ou bien viendrez-vous à Paris ? Mais il faut que je vous voie.

En attendant, je vous souhaite bonne chance. – La vérité vivante et humaine que vous pour-suivez d'une étreinte infatigable – ne se laisse prendre que dans les bons jours. – Vous en avez eu – vous en aurez encore – et beaucoup.

Portez-vous bien ; je vous embrasse aussi, moi – et avec une véritable amitié.

J. Tourguéneff

8 – Flaubert à Tourgueniev

[Croisset, 28 mai 1868]

C'est entendu & *juré*, n'est-ce pas, mon cher ami ? À la fin de juillet, si je ne suis pas à Paris, vous pousserez le dévouement jusqu'à venir un peu dans ma cabane !

Vous avez bien raison de m'aimer. Car moi, je vous aime beaucoup. *Je crève d'envie* de causer avec vous indéfiniment, & je vous embrasse.

Gve Flaubert
Croisset près Rouen
Jeudi

9 – Flaubert à Tourgueniev

Paris, boulevard du Temple, 42
25 juillet [1868]

Mon cher Tourgueneff,

Ceci est tout bonnement pour vous rappeler votre promesse. Vous deviez être à Paris à la fin de juillet ou au commencement d'août. Quant à moi, m'y voilà, et je vous attends.

Afin de ne pas vous faire faire de démarches inutiles, je vous envoie mon programme : du 30 juillet (jeudi prochain) au 8 août je serai à Saint-Gratien chez la princesse Mathilde. Puis je reviendrai deux jours à Paris. J'en passerai ensuite deux autres à Dieppe chez une de mes nièces. Puis je reviendrai à Croisset pour y reprendre mon bouquin.

Il *faut* que nous passions quelques bonnes heures ensemble.

Je vous embrasse en vous souhaitant plus de fraîcheur qu'il n'en fait à Paris, et suis tout à vous.

Gve Flaubert

10 – Tourgueniev à Flaubert

Bade
Thiergartenstrasse, 3
Mardi, 28 juillet 68

Mon cher ami,

C'est bien aimable à vous d'avoir pensé à moi et de me donner, comme vous dites, votre programme. – Je suis ici depuis 4 jours – mais malheureusement je ne suis pas revenu seul de Russie ; j'ai amené avec moi un bel accès de goutte – qui m'a pris à Moscou et m'a repris depuis mon arrivée à Bade. – Me voilà dans une chaise longue, avec toutes les misères inévitables – « huile de marrons d'Inde », etc., etc.

Pourtant c'est moins violent que l'année passée et je ne perds pas l'espoir de faire mon voyage en France vers le milieu du mois prochain – et d'après le *programme*, je vous relancerai dans votre *tanière*. J'avoue que je suis assez curieux de la connaître.

Je n'ai pas vu Ducamp – qui doit être ici : je n'ai pas quitté ma chambre depuis mon arrivée. Dans deux ou trois jours je pourrai peut-être faire des petites courses en voiture.

Portez-vous bien et travaillez avec appétit et tranquillité – c'est la meilleure façon. – Je vous embrasse amicalement.

Votre
J. Tourguéneff

11 – Tourgueniev à Flaubert

Bade
Thiergartenstrasse, 3
Mardi, 18 août 68

Mon cher ami,

J'ai tardé jusqu'à présent avec ma réponse à votre bon petit billet, parce que j'espérais toujours pouvoir vous annoncer en même temps mon arrivée ; mais ma diablesse de goutte s'obstine à ne pas me quitter et je ne puis encore songer à un voyage un peu long. – C'est ennuyeux – mais qu'y faire ? Je viendrai dès que je le pourrai ; et en attendant je vous embrasse, et vous prie de présenter mes hommages à Mme votre mère, que je serai bien heureux de connaître.

Travaillez ferme en attendant.

J. Tourguéneff

12 – Flaubert à Tourgueniev

Croisset, dimanche soir [23 août 1868]

Je suis bien fâché de votre retard, mon cher Tourgueneff, d'abord parce que j'ai envie de vous voir, et puis parce que je vous sais souffrant. Soignez-vous ! Guérissez-vous ! La goutte prend par accès, il me semble ? Donc, quand votre accès sera passé, écrivez-moi « J'arrive », et venez. Je ne bougerai pas de chez moi d'ici à longtemps. Vous êtes sûr de me trouver.

Je vous serre les deux mains très fort.

Gve Flaubert

13 – Flaubert à Tourgueniev

Croisset
mercredi [18 novembre 1868]

Ah ! enfin ! on va donc se voir un peu, cher ami !

Je vous conseille de prendre le train express de 8 heures du matin, qui arrive à Rouen à 10 h 40. Arrivé à Rouen, vous trouverez un fiacre qui vous mènera à Croisset en vingt minutes.

Mais ce qui est mieux, c'est de me répondre tout de suite, pour me dire à quelle heure vous arrivez. J'irai au-devant de vous. Car je grille de l'envie de vous voir et de vous embrasser.

Donc, à dimanche. Je compte sur vous, irrévocablement. Un mot de réponse d'ici là, cependant, s.v.p. Et tout à vous plus que jamais.

Gve Flaubert

14 – Tourgueniev à Flaubert

IT
[Paris]
Hôtel Byron
rue Laffitte
Jeudi [19 novembre 1868]

Je partirai dimanche, mon cher ami, à 8 h. du matin par l'express et je serai très heureux de vous avoir dès la gare. À dimanche donc et mille amitiés.

J. Tourguéneff

15 – Tourgueniev à Flaubert

Paris
Rue Laffitte
Hôtel Byron
Mardi 24 nov. 68

Mon cher ami,

Le fromage vient d'arriver ; je l'emporte à Bade, et à chaque coup de dent nous penserons à Croisset et à la charmante journée que j'y ai passée. – Décidément je *nous* sens très sympathiques l'un à l'autre.

Si tout votre roman est aussi fort que les fragments que vous m'en avez lu – vous aurez fait un chef-d'œuvre – c'est moi qui vous le dis

Je ne sais si vous avez lu le *bouquin* que je vous envoie ; dans tous les cas, mettez-le sur un des rayons de votre bibliothèque.

Présentez mes hommages à Mme votre mère – et laissez-moi vous embrasser.

Votre
J. Tourguéneff

P.S. Mon adresse est Carlsruhe, poste restante. Vous seriez bien gentil de m'envoyer votre carte photographique. – En voilà une de moi, qui a l'air bien rébarbatif.

P.P.S. Trouvez un autre titre. *Éducation senti-mentale* est mauvais.

16 – Tourgueniev à Flaubert

I T
Carlsruhe
Hôtel Prince Max
Lundi, 25 janv. 69

Il faut pourtant que j'aie de vos nouvelles, mon cher ami. Voyons – en deux mots : où êtes-vous – et que fait le roman ? – Je vous écris à Croisset – et peut-être êtes-vous à Paris, humant l'air du temps. – Dans tous les cas – je ne crois pas que vous y resterez longtemps.

Je ne vous ai pas encore remercié pour la photographie, qui a l'air bien militaire et bien peigné

– mais c'est vous – et c'est toujours bon à voir.
– Pourquoi ne faites-vous pas faire quelque chose
de bien ?

J'ai souvent pensé à Croisset, et je me dis que
c'est un bon nid pour y faire éclore des oiseaux
chanteurs. Quant à moi, je n'ai presque rien fait.
Je me suis embarqué dans un travail qui me
répugne et j'y patauge tristement. Je ne puis
reculer – mais quand cela sera fini – je pousserai
un bon ouf ! Ce sont des espèces de fragments
de mémoires littéraires que j'ai promis à mon
éditeur ; je n'ai jamais travaillé dans cet article-là
– et ça n'est pas amusant. Oh ! deux heures de
Sainte-Beuve. Je voudrais savoir si cela l'amuse
beaucoup – lui.

Mes meilleures amitiés à votre respectable
mère, qui me fait l'effet de la meilleure maman
que l'on puisse rêver – et une bonne et vigou-
reuse poignée de main à vous.

Votre J. Tourguéneff

P.S. Je suis ici pour tout l'hiver – parce que
mes amis, les Viardot, s'y trouvent. – Ce n'est
pas bien gai – Carlsruhe – mais cela vaut mieux
que sa réputation. – Je viendrai à Paris vers la
fin de mars.

17 – Flaubert à Tourgueniev

Croisset
2 février [1869]

Mon cher ami,

Je suis toujours à Croisset, – c'est-à-dire que j'y suis revenu, hier, ayant passé toute la semaine dernière à Paris à la recherche des plus sots renseignements qu'on puisse imaginer : enterrements, cimetières & pompes funèbres d'une part – saisie mobilière et procédure de l'autre, etc., etc. Bref, je suis brisé de fatigue & d'ennui. Mon interminable roman m'écœure et m'assomme ! – et j'en ai encore p[ou]r quatre mois, au moins !

Je *brûle* d'envie de voir votre critique littéraire. Car la vôtre sera celle d'un *praticien*, – chose importante. Ce qui me choque dans mes amis S[ain]te-Beuve & Taine, c'est qu'ils ne tiennent pas suffisamment compte de l'*Art*, de l'œuvre en soi, de la composition, du style, bref de ce qui fait le Beau.

On était grammairien du temps de La Harpe, on est maintenant historien, voilà toute la différence.

Avec votre manière de sentir si originale et si intense, votre critique égalera vos créations, j'en suis sûr.

Et moi aussi, je songe très souvent à l'après-midi que vous avez passé dans ma cabane ! Vous y avez séduit tout le monde ; ma mère & ma

42

nièce parlent souvent de vous & me demandent de vos nouvelles.

Quant à moi, vous savez quelle affection je vous ai portée dès le premier jour !

Pourquoi ne vivons-nous pas dans le même pays ?

Je serai à Paris vers Pasques [*sic*]. – N'y venez pas avant !

Je vous embrasse très fort.

Gve Flaubert

18 – Flaubert à Tourgueniev

Croisset
mercredi 17 mars [1869]

Mon cher ami,

Je vous fais souvenir de votre promesse, c'est-à-dire que je compte vous voir à Paris dans la semaine qui suit Pasque [*sic*].

Je compte y arriver la veille de Pasques. Et vous ? Répondez-moi un petit mot dès que ceci vous sera parvenu.

Je vous embrasse comme je vous aime, c'est-à-dire bien fort.

Gve Flaubert

19 – Tourgueniev à Flaubert

I T
Carlsruhe
Hôtel Prince Max
Dimanche 21 mars 1869

Mon cher ami,

Votre lettre adressée à « Stuttgart ou à Bade » ne me parvient ici qu'à l'instant. Je me hâte de vous faire savoir que je pars d'ici pour Paris *mercredi* et que j'y arrive *jeudi* à 5 h. du matin. – Je descends à l'hôtel Byron, rue Laffitte, – Je reste une semaine à Paris. Il est superflu de dire combien je serai content de vous voir. En attendant, je vous embrasse de toute mon amitié.

J. Tourguéneff

P.S. Rappelez-moi au souvenir de Mme votre mère.

20 – Flaubert à Tourgueniev

Croisset
jeudi matin [25 mars 1869]

Si vous n'avez rien de mieux à faire dimanche dans l'après-midi, venez chez moi *boulevard du Temple* 42.

J'arriverai à Paris samedi soir. Mon intention est de dîner lundi chez les Husson. En tout cas, réservez-moi *mardi*.

Je me réjouis à l'idée de vous revoir bientôt. D'ici là je vous embrasse.

Gve Flaubert

Écrivez-moi un petit mot boulevard du Temple pour me dire le programme de votre semaine. Je m'y conformerai. Comme j'ai envie de tailler une bavette avec vous !

21 – Tourgueniev à Flaubert

Paris
Hôtel Byron
rue Laffitte
Vendredi [26 mars 1869]

Cher ami,

Je viendrai chez vous dimanche à *deux* heures : cela vous va-t-il ?

— Il faut que nous fassions toutes sortes de choses ensemble.

À vous

J. Tourguéneff

22 – Tourgueniev à Flaubert

[Paris]
Hôtel Byron
rue Laffitte
Samedi [27 mars 1869¹]

Cher ami,
Je vous ai écrit hier que je viendrais chez vous
dimanche à 2 heures ; mais je ne pourrai venir
qu'à 3 – *fort exactement.*
À vous

J. Tourguéneff

23 – Tourgueniev à Flaubert

J T [initiales entrelacées]
Bade
Thiergartenstrasse, 3
Dimanche, 30 janv. 70

Mon cher ami,
Dans le premier numéro d'une revue russe
qui paraît à St-Pétersbourg – et qui se nomme
le « Messager russe » (c'est comme qui dirait la
« Revue des Deux Mondes » de la Russie) – il y
a un énorme article sur votre livre (ce n'est que
la première partie). – On l'analyse par le menu et
l'on raconte tout le sujet – on loue beaucoup et
l'auteur et son œuvre ; – cet article a pour titre :

« La nouvelle société française ». Je vous dis tout cela parce que cela peut vous intéresser, quoique vous ayez un autre martel en tête à présent.

Je quitte Bade dans 4 à 5 jours – je vais passer deux mois à Weimar (mon adresse est : G[ran]d-Duché de Saxe-Weimar, Weimar, hôtel de Russie) et je passerai par Paris avant de rentrer en Russie au mois d'avril.

Donnez-moi de vos nouvelles. Travaillez-vous ferme ? Votre « Antoine » me revient souvent à l'esprit. Hier soir, en me couchant, j'ai relu la scène du « Club de l'intelligence » et l'Espagnol m'a fait rire tout haut.

Dites mille choses de ma part à Mme Sand, à Ducany et *tutti quanti* ; – je vous serre la main de toute la force de mon amitié.

J. Tourguéneff

24 – Flaubert à Tourgueniev

14 février [1870]
[Paris] Rue Murillo, 4. Parc Monceau

Mon cher ami,

Vous êtes bien bon de m'indiquer un journal où l'on fait l'éloge de mon malheureux livre ! Car je ne suis pas étouffé sous les roses. Vous m'aviez parlé aussi d'une revue berlinoise ? Je voudrais en savoir le titre. Tout cela pour Lévy, bien entendu.

Je trouve (je ne vous le cache pas) qu'on a été injuste envers moi. Rien n'est plus sot que de se prétendre incompris. C'est ce que je pense néanmoins. *Habent sua fata libelli*, comme dit Horace, et Prudhomme.

Les études sur le bon Monsieur Antoine (dont vous vous inquiétez) ont été suspendues pendant quinze jours, passés exclusivement à organiser une représentation à l'Odéon, pour le monument de Bouilhet. Je suis le président de la commission de souscription, et j'ai dû, à tous les titres, m'occuper de la chose afin d'avoir le plus d'argent possible. Pendant deux semaines, et malgré une forte grippe, j'ai fait des courses dans Paris, sept heures de fiacre par jour ! et quel agacement nerveux ! Tout a bien marché, Dieu merci, et c'est fini !

On est venu de la part du Théâtre de la Gaîté me demander ma féerie, *le Château des Cœurs*. Je la lirai, dès que j'aurai le larynx débrouillé.

Et vous, cher et grand ami, que faites-vous ? Que rêvez-vous ? Qu'écrivez-vous ? Quand vous reviendrez à Paris, faites en sorte d'y rester plus longtemps !

Les moments que j'ai passés avec vous dernièrement ont été les seules bonnes heures que j'ai eues depuis huit mois ! Vous n'imaginez pas ma solitude intellectuelle ! C'est pourquoi je saute sur vous avec avidité, dès que votre personne se présente.

Ma noble patrie devient de plus en plus stupide. La bêtise générale influe sur les individus. Chacun se range, peu à peu, au niveau de tous.

Vous me semblez un homme heureux, vous, et je vous porterais envie, si je ne vous aimais fortement.

Je vous embrasse

Votre
Gustave Flaubert

25 – Tourgueniev à Flaubert

IT
Weimar
Hôtel de Russie
Ce 20 février 70

Mon cher ami,

L'article que Mr Julian Schmidt a écrit sur *L'Éducation sentimentale* n'a pas encore paru dans les *Preussische Jahrbücher* – dès qu'il sera publié je vous l'enverrai. – Si vous y tenez, je lui demanderai de vous envoyer son article sur *Mme Bovary*. Il a paru l'année passée. – Le second n° du *Messager de l'Europe* (russe) que je viens de recevoir renferme la seconde et dernière moitié de l'article dont je vous ai parlé – et qui est plutôt un résumé très détaillé du roman.

— On trouve généralement que la *Femme* remplit une trop grande part dans la vie de Frédéric

– et l'on se demande si tous les jeunes Français sont ainsi.

Oui, certainement – on a été injuste envers vous : mais c'est le moment de se raidir et de jeter à la tête des lecteurs un chef-d'œuvre.

— Votre *Antoine* peut être ce pavé-là. – Ne vous attardez pas trop : c'est mon refrain. – Il ne faut pas non plus oublier qu'on mesure les gens d'après la mesure qu'ils ont donnée eux-mêmes et vous portez la peine de votre passé. Vous avez de l'énergie, vous ; « *el hombre debe ser feroz* » – dit un proverbe espagnol – et l'artiste surtout. Votre livre n'aurait-il empoigné qu'une dizaine de gens ayant une certaine valeur – que c'est déjà assez. Vous comprenez que je vous dis tout cela non pas pour vous consoler, mais pour vous exciter.

Je suis ici depuis une dizaine de jours – et ma seule préoccupation est de me réchauffer. – Les maisons sont mal bâties ici – et les poêles en fer ne valent rien. – Vous verrez une toute petite machine de moi dans le n° de mars de la *Revue des 2 Mondes*. C'est bien peu de chose. – Je travaille à quelque chose de plus « conséquent », c'est-à-dire je me prépare à travailler.

J'irai à Paris avant de retourner en Russie : ce sera vers la fin d'avril.

— J'y resterai bien une dizaine de jours – nous nous verrons souvent.

Si vous voyez Mme Sand, dites-lui mille bonnes choses de ma part. Saluez Ducamp et la famille Husson.

Je vous embrasse et vous dis : courage ! Vous êtes Flaubert après tout.

Votre J. T.

26 – Flaubert à Tourgueniev

[Paris]
30 mai [*sic*, pour avril 1870]
samedi soir

Je suis bien peiné d'apprendre par votre dernière lettre que nous ne nous verrons pas cet été, mon cher ami. J'avais compté sur des bons moments d'expansion passés avec vous, avant votre départ p[our] la Russie. – Mais comme tout est difficile en ce monde !

Le g[ran]d chagrin que j'ai eu, cet hiver, a été la mort de mon plus intime après Bouilhet, un brave garçon qui m'aimait comme un chien & qu'on appelait Jules Duplan. – Ces deux morts-là, m'arrivant coup sur coup, m'ont accablé. – Joignez-y l'état lamentable de deux autres amis, moins amis, il est vrai, mais enfin ils n'en faisaient pas moins partie de mon entourage immédiat, je veux dire la paralysie de Feydeau & *l'imbécilité* [*sic*] de Jules de Goncourt. La disparition de S[ain]te-Beuve, les agacements pécuniaires, le non-succès de mon roman, etc., etc., jusqu'aux rhumatismes de mon domestique (celui qui ressemble à Lasouche), tout, comme vous le voyez, a contribué à mon embêtement. Aussi est-il formidable.

Je peux bien dire que je n'ai eu de bon, depuis longtemps, que votre dernière visite – trop courte. Pourquoi vivons-nous si loin l'un de l'autre ? Vous êtes (je crois) le seul homme avec qui j'aime à causer. Je ne vois plus personne qui s'occupe d'art & de poésie. Le plébiscite, le socialisme, l'international[e] & autres ordures encombrent tous les cerveaux.

J'ai peur de ne pouvoir me rendre à votre invitation cet été. Voici p[our]quoi : dans quatre ou cinq jours je m'en retourne à Croisset, où je vais faire immédiatement la Préface du volume de vers de Bouilhet. Ce sera l'affaire de deux ou trois mois. – Après quoi, je me mettrai au *S[ain]t Antoine*, qui sera interrompu au mois d'octobre par les répétitions d'*Aïssé*. Elles me prendront bien deux mois. Ainsi, jusqu'au jour de l'an prochain, je n'ai guère que six semaines à consacrer au brave ermite. Je voudrais bien n'être pas plus de deux ans sur ce bonhomme. Or vous voyez comme je suis pressé par le temps. – Il faut que je m'embarque dans cette œuvre, le plus vite possible, car je commence à m'en dégoûter. J'ai trop avalé de livres coup sur coup, mais c'était p[our] m'étourdir sur mes misères personnelles.

Envoyez-moi de vos nouvelles quand vous serez chez vous en Russie. Pensez à moi souvent, car souvent je pense à vous, vous embrasse *ex imo*.

Gve Flaubert

Ma mère a été, comme on dit, très *sensible* à votre bon souvenir.

27 – Flaubert à Tourgueniev

Croisset, près Rouen
1er mai 1871

J'apprends le malheur qui vous frappe, mon cher ami, et ma première pensée a été pour vous. Je vous aime trop pour essayer de vous écrire des phrases banales. Mais je suis bien triste et je vous embrasse.

Quelle année ! Quelle année ! Où êtes-vous ? Qu'allez-vous devenir ? Où vivrez-vous maintenant ? Quels sont vos projets ? Donnez-moi de vos nouvelles si vous en avez la force et si ce papier vous arrive. Car vous savez que je vous aime et suis tout à vous

Gve Flaubert

Londres
16, Beaumont Street
Marylebone
6 mai 1871

Heureusement, mon cher ami, heureusement la nouvelle est complètement fausse ! Mme V[iardot] que je vois tous les jours n'est pas plus morte qu'elle n'a 54 ans. Si la nouvelle avait été vraie, je crois bien que je n'aurais pas pu vous répondre… Maintenant je puis vous dire que votre lettre m'a bien profondément touché. – C'est une bien bonne chose de sentir qu'on a un ami véritable – et je vous remercie de m'avoir procuré ce sentiment-là.

Je suis ici depuis trois semaines – j'ai passé la fin de l'hiver et le commencement du printemps en Russie – je reste ici jusqu'au 1er août – et puis je vais à Bade en traversant la France. Je m'arrêterai à Paris – s'il y a encore un Paris dans ce temps-là – et j'espère bien vous voir. – Peut-être viendriez-vous à Bade, où nous vivrons – pendant peu de temps – cachés comme des taupes dans leurs trous – et vous pourriez vous y cacher avec nous. – Mais auparavant donnez-moi de vos nouvelles. Avez-vous jamais reçu une lettre que je vous ai écrite au commencement de l'année ? – Qu'avez-vous fait pendant tout cet affreux orage ? Êtes-vous resté tout le temps à Croisset ? – Avez-vous pu, malgré toute votre force d'isolation et de concentration – avez-vous pu ne pas être secoué – comme ces brins de paille, qui tournoient d'une façon si tristement effarée et inutile dans les portes ouvertes des granges ? – Avez-vous travaillé – ou bien vous a-t-il suffi de traîner la vie – vide et lourde – d'un moment à l'autre ? Je ne suis pas Français – et pourtant je n'ai presque pas fait autre chose. – Ah ! nous avons de rudes moments à passer – nous autres, *spectateurs nés*. Que fait « Antoine » ? – Il s'est incrusté dans mon esprit.

Je suis en Angleterre – non pour le plaisir d'y être – mais parce que mes amis, à peu près ruinés par cette guerre, y sont venus pour tâcher de gagner quelque argent. Les Anglais ont du bon pourtant – mais ils mènent tous – même les plus intelligents – une vie bien dure. Il faut s'y faire – comme à leur climat. Et puis – où aller ?

Que fait Madame Flaubert ? Rappelez-moi à son bon souvenir. Avez-vous quelques nouvelles de Ducamp ? Il a disparu dans la tourmente – comme tant d'autres.

Écrivez-moi deux mots. Encore une fois merci d'avoir cette affection pour moi. – Je vous embrasse de toute la force de la mienne.

Votre ami
J. Tourguéneff

P.S. – Inutile de vous dire que je n'ai votre lettre qu'aujourd'hui même.

29 – Tourgueniev à Flaubert

Londres
16, Beaumont street
Marylebone
Ce 13 juin 1871

Mon cher ami,

Si je ne vous ai pas répondu plus tôt, c'est que je n'en avais pas le courage. Ces événements de Paris m'ont stupéfié. Je me suis tu comme on se tait en chemin de fer quand on entre dans un tunnel : le tapage infernal vous remplit et vous ébranle la tête. – Maintenant qu'il a cessé à peu près, je viens vous dire que *bien certainement* je viendrai vous voir et entendre « Antoine » au mois d'août. – Ce sera entre le *15* et le *20*. J'ai reçu une invitation pour chasser le « grouse » en Écosse au commencement du mois d'août ; – mais le 15 je serai libre et en rentrant à Bade je m'arrêterai à Paris – ou à Rouen – je veux dire à Croisset – si vous y êtes. – Je suis fort content d'apprendre que vous en êtes à la moitié de votre livre ; vous ne risquez jamais rien en vous hâtant un peu : au contraire. J'écouterai les oreilles, les yeux, le cerveau tout grands ouverts – Je suis presque sûr que cela sera très beau.

Je ne vous appelle plus en Allemagne ; je comprends votre répugnance d'y mettre les pieds. – Je ne peux pas vous dire non plus tout ce qui me traverse l'esprit à propos de la France : il faudrait pouvoir résumer tout cela en quelques mots – et c'est ce qui m'est impossible ; quand nous nous verrons – nous déviderons cette question lentement et longuement : – le résultat ne sera pas gai, bien sûr. – Je ne sais pas si c'est la Russie qui est chargée de vous venger, comme vous dites ; pour le moment l'Allemagne est bien forte – et elle le sera probablement aussi longtemps que nous vivrons...

Donnez-moi des nouvelles de Ducamp si vous en avez. – On m'a dit que Mme Husson était devenue folle – puis qu'elle était morte : est-ce vrai ?

Je me souviens que mon maître de natation (un Prussien aussi, celui-là) me criait toujours : « La bouche hors de l'eau, *schwere Noth !* – Aussi longtemps qu'on a la bouche hors de l'eau – on est un homme ! »

Vous êtes resté un homme tout ce temps-ci, parce que vous avez pu travailler : maintenant ce sera plus facile.

Remerciez Mme Flaubert et votre nièce de leur bon souvenir. – Quant à vous, je vous embrasse – et au revoir au mois d'août !

J. Tourguéneff

30 – Flaubert à Tourgueniev

Croisset, près Rouen
samedi 17 juin [1871]

C'est convenu, mon cher ami. Fort impatiemment, je vous attends ici, du 15 au 20 août.
L'époque me convient. Du reste, toutes les
époques me conviennent, pourvu que je vous
voie.

Vous devez me trouver bien inepte avec ma
haine contre la Prusse ? Je lui en veux surtout de cela : de m'avoir donné les sentiments
d'une brute du XIIᵉ siècle. Mais qu'y faire ?
Croyez-vous qu'à une autre époque des let-
trés, des *docteurs*, se soient conduits comme
des sauvages ?

J'ai passé, dans Paris, toute la semaine dernière.
Il y a quelque chose de plus lamentable que ses
ruines, c'est l'état *mental* de ses habitants. On
navigue entre le crétinisme et la folie furieuse.
Je n'exagère nullement.

Ah ! que je voudrais ne plus songer à la France,
ni à mes contemporains, ni à l'humanité ! Tout
cela me soulève le cœur de dégoût. Je suis triste
jusque dans les moelles ; et depuis que j'ai revu
Paris, j'ai grand mal à travailler.

Adieu, ou mieux à bientôt. En attendant ce
plaisir-là, je vous embrasse.

Gve Flaubert

Oui, Mme Husson est folle ! (Monomanie du suicide). Je ne l'ai pas vue, mais j'ai vu Du Camp, qui m'a paru, lui aussi, avoir « le coco fêlé ».

Il y a dix-huit mois, la démence de la France m'est apparue clairement par deux symptômes : 1° le succès de la *Lanterne* ; 2° le succès de Troppmann.

Il y a de l'hystérie dans l'incendie de Paris. Sans compter les autres éléments que je crois connaître.

31 – Flaubert à Tourgueniev

[Paris]
rue Murillo 4, parc Monceau
1er août [1871]

Mon cher ami,

Je vous rappelle votre promesse, c'est-à-dire que je *compte* sur vous à Croisset du 15 au 20 de ce mois. Vous seriez bien aimable de me faire savoir *quel jour* je dois vous attendre. D'ici là, je vous embrasse très fortement.

Votre
Gve Flaubert

Que de choses j'ai à vous dire, mon cher ami ! Comme je serai content de vous voir ! Comme j'ai envie de vous lire la première moitié de *Saint-Antoine* !

Arrangez-vous d'avance pour rester chez moi plusieurs jours.

32 – Flaubert à Tourgueniev

Paris, rue Murillo 4, parc Monceau
[Vers le 5 août 1871]

Mon cher ami,

Je vous demande pardon de vous réitérer ma question, mais j'aurais besoin de savoir dès maintenant le moment où j'aurai le plaisir ou plutôt le bonheur de vous posséder dans ma cabane, parce que j'ai ici, à Paris, pas mal d'affaires à régler et que je ne veux pas *vous manquer* : ce serait une trop grande déception.

Selon votre promesse, je vous attends à Croisset du 15 au 20 courant. Je voudrais que vous y fussiez déjà.

À bientôt donc, cher ami, et tout à vous.

Gve Flaubert

Plutôt vers le 20 que vers le 15, n'est-ce pas ?

33 – Flaubert à Tourgueniev

Paris, 4 rue Murillo, parc Monceau
Dimanche 13 [août 1871]

Mon cher ami,

Je sais que vous devez revenir à Londres le 15. Répondez-moi tout de suite, je vous prie, pour me dire quel jour je dois vous attendre à

Croisset. Ne dérangez nullement vos projets, mais ne venez pas sans m'avertir.

Si je n'entends pas parler de vous, je vous attendrai dans ma cabane *samedi prochain* 18. Cela vous convient-il ? En tout cas, je partirai de Paris vendredi matin. S'il vous plaît de venir dès jeudi, prévenez-moi : je hâterais mon retour. Et arrangez-vous pour rester à Croisset quelques jours. J'ai grande soif de vous voir ; et attendant ce moment-là, je vous embrasse.

Gve Flaubert

Je suppose que vous revenez par Dieppe.

34 – Tourgueniev à Flaubert

Allean House
Pitlochry
(Scotland)
Ce 14 août 1871

Mon cher ami, vos deux billets m'ont rattrapé ici – au fond de l'Écosse, où je fais la chasse du « grouse » chez un ami. – Je pars d'ici après-demain *16* ; le 17 je repars de Londres et j'arrive le *18* à Paris. – Je voudrais bien que vous fussiez à Paris ce jour-là et que je n'eusse pas à aller à Croisset – car mon temps est horriblement court. – À Paris, je serai à l'hôtel Byron, 20, rue Laffitte. – Faites en sorte que je trouve un mot de vous à mon arrivée. – Pour plus de sûreté je vais copier cette lettre et j'enverrai la copie à Croisset.

Je vous embrasse et à bientôt ! – Préparez votre « Antoine ».

Tout à vous

J. Tourguéneff

35 – Flaubert à Tourgueniev

Paris
16 [août 1871], mercredi matin

Enfin, j'ai de vos nouvelles ! – Mais si vous ne vous étiez pas tant amusé à la chasse, le pauvre *S[ain]t-Antoine* et son auteur auraient un peu plus de temps.

Il faut à toute force que je m'en aille aujourd'hui même de Paris. Voilà p[ou]rquoi vous êtes obligé de venir à Croisset, où je vous attends *samedi* ? Il y a plusieurs trains express.

Mais j'espère bien que, malgré vos occupations, vous n'allez pas faire comme la dernière fois, c'est-à-dire ne rester qu'un seul après-midi !

Envoyez-moi un mot par le télégraphe, p[ou]r me dire l'heure où enfin je vous verrai. Tout à vous.

Gve Flaubert

36 – Flaubert à Tourgueniev

Croisset
lundi soir [21 août 1871]

Non, mon cher ami, je ne vous en veux pas.
– Mais j'ai éprouvé un désappointement, car je
comptais sur vous. – Et je vous pardonne à condition que vous me donnerez, au mois d'octobre,
plusieurs jours.

L'idée que je vous verrai cet hiver, tout à mon
aise, me ravit comme la perspective d'un oasis.
La comparaison est exacte.

Si vous connaissiez ma solitude !

Avec qui causer maintenant ? Qui donc, dans
notre lamentable pays, « s'occupe encore de la
Littérature » ? Un seul homme, peut-être ? – Moi !
– débris d'un monde disparu, vieux fossile du
romantisme ! Vous me raviverez, vous me ferez
du bien.

Ma mère vous remercie de votre bon souvenir.
Ma nièce se rappelle au vôtre. Je vous embrasse
très fort.

Gve Flaubert

37 – Tourgueniev à Flaubert

Baden-Baden
Villa Viardot
Ce 18 nov. 1871

Mon cher ami,

Après toutes sortes de misères et de délais causés par une rechute de goutte et des affaires qui valent presque la goutte – je pars demain pour Paris, j'y arrive lundi – si rien ne m'arrive à moi – et je vous vois mardi – car je suppose que vous y serez – et je vous envoie cette lettre rue Murillo. – Ainsi à tantôt à demain après cette lettre – je vous embrasse.

Votre
J. Tourguéneff

38 – Tourgueniev à Flaubert

[Paris, 25 novembre 1871]

Mon cher ami,

Je suis ici depuis *lundi* – mais j'ai été *repris le jour même de mon arrivée* par un accès de goutte (j'espère que c'est le dernier) – et je sors aujourd'hui pour la première fois, mais je ne puis pas encore monter votre escalier. – *Je viendrai demain à 1 heure* – et je finirai par arriver jusque chez vous. – J'ai pensé vous écrire pour vous dire de venir – mais je suis dans une maison (celle des Viardot) qui est encore un vrai chaos, et puis j'étais furieux d'être dans mon lit. – Ainsi, à demain – je serai bien content de vous voir.

Je demeure rue de Douai, 48 – mais ne venez pas, je viendrai.

Votre J. Tourguéneff

39 – Tourgueniev à Flaubert

J T [initiales entrelacées]
Dimanche [26 novembre 1871]
[Paris] 48, rue de Douai
10 h. du matin

Mon cher ami,

Je croyais pouvoir passer chez vous aujourd'hui – mais je vois que cela m'est impossible – je serai demain chez vous à *l'heure précise*.

Ce n'est pas que la vie soit plus difficile – mais il devient de plus en plus difficile d'*entreprendre* quoi que ce soit. La vie vous pousse par-dessus la tête, comme de l'herbe.

À demain.

Votre vieux fidèle
J. Tourguéneff

40 – Tourgueniev à Flaubert

[Paris]
Lundi, 9 h. du matin
[27 novembre 1871]

Mon cher ami,

Quand je vous écrivais qu'il est difficile d'entreprendre quoi que ce soit, je ne pensais pas dire si vrai. – Dans la nuit qui vient d'écouler, la cheville de mon pied malade a gonflé tout à coup – et maintenant je ne puis ni mettre une botte ni poser le pied par terre. – Voilà donc « Antoine » ajourné – c'est vraiment avoir du guignon – à moins que vous ne vouliez venir vous-même avec le manuscrit, ou bien attendons une couple de jours – ces sortes de rechutes ne durent guères plus de 48 heures.

Me voilà donc bien penaud et je vous serre la main avec désappointement.

Votre vieux
J. Tourguéneff

41 – Tourgueniev à Flaubert

[Paris, 28 novembre 1871]

Mon cher ami,

Voici ce qui m'arrive. – Un oncle à moi, Mr Nicolas Tourguéneff, homme excellent et

66

respectable, est mort dernièrement à Paris – et je viens de recevoir de Pétersbourg une dépêche télégraphique où l'on me demande d'écrire une notice nécrologique – et il faut que cette notice soit expédiée dès demain soir. J'ai accepté – et me voilà attaché à cette besogne. Il faudra donc que le bon « Antoine » veuille bien attendre jusqu'à après-demain – car demain je dois aller porter mon article à la famille T[ourguéneff] qui demeure à Bougival pour des renseignements, etc., etc. Ainsi – à jeudi !

Votre billet d'avant-hier n'a pas été remis par votre domestique. Il s'est probablement trompé de maison. Le n° 48 de la rue de Douai est au coin de la place Vintimille.

Mille amitiés.

J. Tourguéneff
Mardi 11 1/2 h.

42 – Tourgueniev à Flaubert

J T [initiales entrelacées] Paris
48, rue de Douai
Vendredi, 19 janv. 72

Ma goutte m'a lâché de nouveau, mon cher ami – je suis désolé de tous ces contre-temps bêtes – et de vous avoir donné tout ce mal inutile, mais – sac à papier ! il faut pourtant que cela se fasse.

Quel jour voulez-vous :
mardi,
mercredi
ou
samedi
de la semaine suivante ? Et si je ne suis pas
mort (comme le prétend le *Times*) – je me ferai
porter chez vous plutôt que…
Enfin ! j'attends la réponse.

Votre

J. Tourguéneff

43 – Flaubert à Tourgueniev

[Paris, 10 février 1872]

Mon cher grand Tourgueneff,
Tenez-vous prêt, p[our] *vendredi* prochain,
à dîner chez une belle dame de mes ami[e]s
– où vous vous trouverez avec des gens qui
vous admirent : Théoph[ile] Gautier, Renan, de
Goncourt, etc.
Je compte toujours sur une petite visite de
vous, demain vers 4 h[eures].
Tout à vous.

Gve Flaubert

Samedi matin

44 – Tourgueniev à Flaubert

I T
Paris
48, rue de Douai
Lundi [12 février 1872]

Mon cher ami,

Je m'aperçois que votre invitation est pour vendredi ; – Mme Viardot a des soirées musicales le vendredi, où je ne puis manquer. Je veux seulement vous dire qu'il faut que je sois à la maison un 1/4 heure avant dix heures. J'espère que cela ne dérangera rien.

Mille amitiés.

Votre vieux
J. Tourguéneff

45 – Flaubert à Tourgueniev

[Paris, 14 février 1872]

Mon cher grand,

Ci-inclus un billet de la p^{sse} Mathilde, me demandant 1° si je crois que vous vous souvenez d'elle, et 2° si vous voudriez venir chez elle dîner.

À ces deux questions, j'ai répondu audacieusement que : oui. – De plus, j'ai donné votre adresse requise.

Quant à vendredi, rien de changé. Vous vous en irez un peu plus tôt, voilà tout.

J'irai vous prendre à 6 h.

Tout à vous,

Gve Flaubert
Mercredi matin.

46 – Tourgueniev à Flaubert

[Paris, 22 février 18726 ?]

Mon vieux Flaubert, j'ai oublié hier de vous prévenir de ne pas dire à ou devant Viardot que j'ai dîné chez la princesse ; – il a une grande haine pour l'Empire – (je vous dirai pourquoi un jour) et il serait affligé de savoir que je fréquente ses *ennemis*. Mme Viardot sait – elle – où j'ai été. – On vous attend ce soir. Il n'y aura personne que moi.

Au revoir

Votre fidèle
J. T.
Jeudi.

47 – Flaubert à Tourgueniev

Croisset
mardi 17 [16 avril 1872]

Mon cher ami,

Je suis encore trop brisé pour vous écrire longuement.

Je veux simplement vous dire merci p[ou]r votre bonne lettre.

Quand partez-vous de Paris ? Quand y revenez-vous ?

Je ne sais encore rien de *mes affaires*, & je ne puis former aucun projet d'avenir. Provisoirement je reste à Croisset, qui appartient maintenant à ma nièce (celle que vous connaissez).

Remerciez M[r] Viardot de l'envoi de son volume. Dès que j'aurai la tête libre, je le lirai.

Faites un bon voyage & revenez vite. Je compte vous voir au mois de juillet, comme il était convenu.

Je vous embrasse très fort.

Votre
Gve Flaubert

48 – Flaubert à Tourgueniev

Croisset, 5 juin [1872]

Mon cher ami,

Voici mes projets p[ou]r l'été :

La semaine prochaine, je vais à Paris. Le 23, je serai à Vendôme, à l'inauguration de la statue de Ronsard. Le maire m'a invité à y venir, & j'irai, p[ou]r voir une ville où l'on pense encore à la Littérature. J'avais même pensé à composer p[ou]r la circonstance *un discours*, que j'aurais débité en plein air, devant le peuple !!! C'eût été une belle occasion d'engueuler le *muflisme* moderne & d'exalter ce que nous aimons. Mais p[ou]r écrire ce morceau-là congruement, l'entrain & la vigueur me manquent.

Au mois de juillet, je mènerai probablement ma nièce à Luchon, son mari ne pouvant l'y accompagner. – Ainsi nous ne pouvons nous voir avant le milieu d'août. À cette époque-là, je serai à Paris, & je compte vous ramener ici, p[ou]r vous promener un peu aux environs et vous lire la fin de *S[ain]t-Antoine*, lequel commence à m'ennuyer et surtout à m'inquiéter. J'ai peur que tout cela ne soit de la déclamation.

Mes affaires m'ont embêté démesurément. Êtes-vous comme moi ? J'aime mieux me laisser dépouiller que de me défendre, non par désintéressement, mais par ennui, par lassitude. Quand il s'agit de matières d'argent, il me prend comme une rage de dégoût qui touche à la démence. Je parle très sérieusement.

J'ai pensé à vous au milieu de toutes ces turpitudes, et voici comment. On a retrouvé dans la succession de mon père une créance de 14 mille fr[ancs] attribuée à votre ami. Somme dont j'ignorais l'existence, et qui a été flibustée par un brave cousin chargé de nos affaires. L'idée d'un voyage en Russie m'est tout de suite venue. Ce petit excédent me permettrait de me promener là-bas, avec vous. Mais je crois que je [n']en verrai jamais un liard.

Ah ! cher ami, je voudrais bien m'étaler près de vous sur vos g[ran]des meules de foin ! Cela rafraîchirait mon triste individu, singulièrement lassé ! Je relis du Plutarque, & puis… quoi encore ? C'est tout.

Rien de nouveau « sur l'horizon ». Un très beau discours de Dupanloup à la glorification des humanités. C'est à connaître.

Adieu, cher vieux Tourgueneff. Tenez-vous en santé, en joie, – pensez à moi et revenez-nous.

Votre Gve Flaubert
qui vous embrasse.

49 – Tourgueniev à Flaubert

I T
Moscou
Ce 26 juin 1872

Mon cher ami,

Vous m'avez envoyé vos projets pour l'été – voici les miens :

N. B. Pour le moment je me trouve à Moscou, pincé par un vilain accès de goutte qui me cloue à mon sopha. – Je ne m'y attendais guères, après la violente attaque du mois d'octobre dernier – cela devient trop fréquent et on me fait trop de félicitations (« brevet de longévité », etc., etc.). – Heureusement, l'accès n'est pas trop fort et je puis espérer quitter la capitale de toutes les

Russies dimanche ou lundi. C'est aujourd'hui mercredi.

Je vais droit comme une flèche à Paris, puis de là en Touraine chez ma fille qui est en train de me faire grand-père ; – puis de là à Valery-sur-Somme où je retrouve mes vieux amis les Viardot. – Je flâne, je travaille si je puis, puis je vais à Paris y trouver un certain Flaubert, que j'aime beaucoup et avec lequel je vais soit chez lui à Croisset, soit à Nohant, chez Mme Sand qui, à ce qu'il paraît, veut nous y voir. – Et puis à partir du mois d'octobre – Paris. – Voilà !

Mon cher ami, la vieillesse est un gros nuage blafard qui s'étend sur l'avenir, le présent et jusque sur le passé qu'il attriste en craquelant ses souvenirs. – (Je crains que voilà du bien mauvais français – mais cela ne fait rien.) Il faut se défendre contre ce nuage ! Il me semble que vous ne le faites pas assez. Je crois en effet qu'un voyage en Russie à nous deux vous ferait du bien ! – Je viens de passer 4 jours entiers non pas sur le haut d'une meule de foin – mais dans les allées d'un vieux jardin campagnard tout bourré de parfums rustiques, de fraises, d'oiseaux, de rayons de soleil et d'ombres aussi endormis les uns que les autres – et deux cents arpents de seigles ondoyants tout autour !

C'était superbe ! On s'immobilise dans une sorte de sensation grave et immense – et stupide – qui tient à la fois de la vie de la bête et de Dieu. On sort de là comme si on avait pris je ne sais quel bain puissant. Et puis on reprend le train-train habituel.

Il ne faut pas que St-Antoine se décourage. Qu'il aille vaillamment jusqu'au bout !

Je sais que vous avez assisté à une belle soirée musicale chez Mme Viardot. – Il paraît que le public a été content.

Vous ne me dites rien de mon tableau. – Il vous déplaît – ou bien ne l'avez-vous pas vu ?

Adieu et au revoir, mon cher ami… Tenons la tête haute avant que les flots ne la recouvrent.

Je vous embrasse cordialement.

Votre
J. Tourguéneff

50 – Tourgueniev à Flaubert

Saint-Valery-sur-Somme
Maison Ruhaut
Mardi, 30 juillet 1872

Où êtes-vous dans ce moment, mon cher ami, et que devenez-vous jusqu'à l'hiver ? Écrivez-moi un mot, je vous prie. – Quant à moi – voici quinze jours que je suis dans le petit trou d'où je vous écris – et je m'y trouverais parfaitement bien, n'était la maudite goutte qui me tient par la patte plus obstinément que jamais. – Elle m'a happé il y a 6 semaines à Moscou – et ne me lâche pas. J'ai eu trois ou quatre rechutes, j'ai marché à l'aide de béquilles – puis avec deux cannes – avec une – et me voilà de nouveau à peu près immobile. – La vieillesse est une vilaine chose – n'en déplaise à Mr Cicéron.

Je suis ici avec la famille Viardot – j'ai une très gentille chambre où rien ne m'empêche de travailler.., mais voilà ! Cela ne vient pas.

— Il y a de la rouille sur les ressorts.

Et « Antoine » – que fait-il ? Donnez-moi de ses nouvelles.

Cet emprunt de 9, 12, 15 milliards me fait l'effet d'une grosse salve d'artillerie. Vous êtes nés pour étonner le monde, vous autres diables de Français – d'une façon ou d'une autre.

Je suis grand-père depuis le 18 ; ma fille est accouchée d'une fille que l'on a nommée Jeanne – et que je vais aller baptiser vers la fin d'août. Je devrai passer et repasser par Paris. Si vous étiez à Croisset à cette époque, je pousserais bien jusque chez vous.

Allons – portez-vous bien et au revoir ! Je vous secoue la main rudement.

Votre
J. Tourguéneff

51 – Flaubert à Tourgueniev

Bagnères-de-Luchon
H^{te} Garonne
5 août [1872] lundi

Mon cher Tourgueneff,
Je serai revenu à Paris, vendredi prochain ; et trois ou quatre jours après, je serai à Croisset *où je vous attends.*

Il faut que je m'absente dans les premiers jours de 7bre. – Donc, ne venez pas au-delà du 25, au plus tard. J'ai à vous lire la fin de *S[ain]t-Antoine* (que j'ai peur d'avoir bâclée) – & à vous parler d'un tas de choses. – Moi aussi, je ne me sens pas en train ! Je suis dans « un état de sécheresse », comme disent les mystiques. La « grâce » me manque.

On cause mal à Paris. Le bruit de la rue & le voisinage des Autres enlèvent toute quiétude. Venez donc dans ma cabane. Nous y serons complètement seuls, & nous taillerons une jolie bavette.

Voulez-vous présenter mes respects à Mme Viardot ? Quant à vous, je vous embrasse.

Votre
Gve Flaubert

Ne vous avisez pas de soigner votre goutte, – pauvre cher ami. Tous les remèdes sont dangereux. Il n'y en a qu'un auquel j'aie confiance, & il est atroce. Je vous le dirai. – Mes bénédictions sur la tête de M[ademoise]lle Jeanne.

52 – Flaubert à Tourgueniev

Croisset, jeudi [29 août 1872]

Je vous ai attendu ici depuis 15 jours, mon cher ami ! Pas de Tourgueneff ! & pas de lettres ! Avez-vous eu une reprise de goutte ?

Vous deviez venir ici en allant baptiser ou en revenant de baptiser votre petit-fils.

Il faut que je vagabonde *p[ou]r mes affaires* jusqu'au 20 7-bre environ. Je passerai par Paris. Donc écrivez-moi rue Murillo, 4, afin que j'aie votre lettre plus promptement. Celle que je vous ai adressée à S [ain]t-Valery a peut-être été perdue.

Quelle immense quantité de choses j'ai à vous dire !

& comme j'ai envie de vous embrasser !

Votre
Gve Flaubert

Je *compte* sur vous ici p[ou]r le mois d'octobre. Arrangez-vous d'avance p[ou]r y rester long-temps. Je vous montrerai des choses drôles.

53 – Flaubert à Tourgueniev

Paris, 13 7-bre [1872]

J'aurais bien voulu vous accompagner, mon cher ami, et faire avec vous le voyage de Nohant. – Mais il faut que je rentre à Croisset.

Je vous y attends vers le 10 ou le 12 8-bre, comme vous me l'annoncez. Arrangez-vous d'avance p[ou]r y rester longtemps.

J'ai besoin de vous exposer très en détail le plan d'un livre & puis de vous voir, & de causer d'une foule de choses.

Je serai revenu à Croisset vers le 20 – et n'en bougerai.

Je vous embrasse.

Votre
Gve Flaubert

Mes respects très humbles à Mme Viardot.

Comme je vous plains de souffrir sans cesse, mon pauvre cher ami ! Donnez-moi de temps à autre de vos nouvelles.

Quelle jolie littérature que celle de *l'Homme-Femme !*. Oh !...

I T
Paris
48, rue de Douai
Lundi, 7 octobre 1872

Mon cher ami,

Gare à celui qui viendrait me féliciter d'avoir la goutte en ajoutant que c'est un brevet de longue vie, etc., etc. – il risquerait d'entendre des gros mots. – Imaginez-vous qu'il y a plus de quinze jours que je suis à Paris – et le jour même de mon arrivée, me voilà repris d'une rechute (la 8e ou la 9e, je ne les compte plus !) – et je reste une semaine au lit sans pouvoir bouger ! Jeudi dernier je fais un effort surhumain – je vais à Nohant – toute la famille Viardot s'y trouvait – j'y reste un jour – je reviens – et me voilà de nouveau confiné dans ma chambre, boitant comme un misérable – et ne prévoyant pas quand ça finira !… C'est égal : je suis heureux d'avoir été à Nohant et d'avoir vu, chez elle, Mme Sand qui est bien la meilleure et la plus aimable femme qu'on puisse rêver ! – Et tout son entourage est charmant.

Maintenant il faut que j'aille à Croisset. Mais quand ? – Voilà ce que je ne saurais pas dir avec certitude. – Je sais bien que j'irai dès qu me serai reposé un peu – très probablement commencement de la semaine prochaine. – V serez averti à l'avance. – J'ai le plus grand désir de vous voir, de causer avec vous et d'entendre la fin d'« Antoine » – et puis il paraît qu'il y a d'autres projets... Enfin, il faut causer, bavarder – c'est tout à fait nécessaire.

En attendant, je vous embrasse et vous dis – au revoir.

Votre

J. Tourguéneff

55 – Flaubert à Tourgueniev

[Croisset, 19 octobre 1872]

Eh bien ? Et cette goutte ? Est-ce elle, pauvre cher ami, qui vous empêche de venir ?

J'ai peur que vous ne soyez plus malade.

Faut-il toujours compter sur vous ? Et quand vous verrai-je ? Je vous attends de jour en jour, depuis le commencement de la semaine.

À bientôt, n'est-ce pas ?

& tout à vous.

Gve Flaubert

Samedi soir 19. Croisset

56 – Tourgueniev à Flaubert

J T
Paris
48, rue de Douai
Ce 21 octobre 72

Mon cher ami,

Je n'ai pas répondu immédiatement à votre première lettre, parce que je voulais pouvoir vous dire quand je viendrai chez vous. – Aujourd'hui je crois que je puis enfin espérer que la goutte me quitte et que je pourrai aller à Croisset le lundi ou le mardi de la semaine prochaine. – Avant d'aller de votre côté, je dois me rendre dans les environs de Châteaudun chez ma fille qui m'a gratifié d'une petite-fille, que je n'ai pas encore vue. – Dans tous les cas, je vous écrirai un mot la veille de mon départ pour chez vous.

Je n'ai pas besoin de vous dire combien je désire vous voir.

En attendant, je vous embrasse bien amicalement.

Votre
J. Tourguéneff

57 – Flaubert à Tourgueniev

Croisset mercredi [23 octobre 1872]

Pauvre cher ami,

Comme je vous plains de souffrir incessamment ! La douleur physique, « quoi qu'on dise », est ce qu'il y a de pis au monde, puisqu'elle entrave notre liberté. Ceux qui la supportent sans se plaindre ne la sentent pas ou bien mentent.

Dès qu'elle vous aura quitté, dès que vous pourrez vous mettre en wagon, – venez ici et arrangez-vous d'avance p[ou]r me consacrer q[uel]ques jours. S'il fait beau, je vous montrerai aux environs des choses amusantes, – et puis nous bavarderons, surtout !

Je vous conseille de prendre l'express de l'après-midi qui part de Paris à midi 55 m. Écrivez-moi, et j'irai au-devant de vous.

Je compte sur vous vers le commencement de la semaine prochaine, comme vous me l'annoncez.

Votre vieux qui vous aime.

Gve Flaubert

58 – Tourgueniev à Flaubert

Paris
48, rue de Douai
Dimanche, 27 oct. 1872

Cher ami,

Je suis allé *jeudi* voir ma fille ; – je suis revenu à grand'peine *vendredi* – j'ai hurlé de douleurs toute la nuit de vendredi à samedi – aujourd'hui je ne souffre plus – mais j'ai le genou plus gros que la tête – et me voilà au lit pour quinze jours au moins. – C'est ma *onzième* rechute de goutte ! – Vous avouerez que j'ai une chance bien distinguée.

Aussi ai-je juré de ne plus bouger jusqu'au printemps – jusqu'à l'époque où j'irai aux eaux de Carlsbad. – Fi ! La vie devient trop laide – et j'en ai de vraies nausées.

Si vous voulez me voir, il faut venir à Paris. – Venez le 9 novembre – c'est mon jour de naissance – et j'ai promis depuis longtemps aux filles de Mme Viardot de leur donner ce jour-là une petite sauterie – quoiqu'à voir le train dont vont les choses – il n'y ait guères de raison pour moi de me réjouir d'être né ce jour-là. – Enfin – on dansera en bas – et nous causerons en haut et j'écouterai la fin d'« Antoine », si vous l'apportez – car cela m'intéresse, malgré toutes mes misères et mes dégoûts.

Écrivez-moi deux mots ; je suis bien découragé
– mais je vous embrasse affectueusement.

Votre

J. Tourguéneff

59 – Flaubert à Tourgueniev

[Croisset]

Mercredi soir [30 octobre 1872]

Comme je vous plains, pauvre cher ami ! Je
n'avais pas besoin de vous savoir très souffrant
p[ou]r être triste. La mort de mon vieux Théo m'a
écrasé. Depuis trois ans, tous mes amis meurent
l'un après l'autre, sans interruption. Je ne connais
plus au monde maintenant qu'un *seul* homme
avec qui causer, c'est vous ! Donc, il faut vous
soigner et ne pas me manquer comme les autres.

Théo est mort empoisonné par la *charogne-
rie* moderne ! Les gens exclusivement artistes
comme lui n'ont que faire dans une société où
la plèbe domine. C'est ce que j'ai répondu hier
dans une lettre à Mme Sand, laquelle est très
bonne femme, mais trop bonne, trop bénisseuse,
trop démocrate & évangélique.

Moi, je suis comme vous, bien que je n'aie pas
la goutte. L'existence commence à m'embêter
furieusement. Voltaire la définissait comme une
froide plaisanterie. Je la trouve trop froide & pas
assez plaisante. Je tâche de l'escamoter le plus

que je peux – je lis environ de neuf à dix heures par jour. N'importe, un peu de distraction de temps à autre ne me ferait pas de mal. Mais quel [le] distraction prendre ?

Votre visite, sur laquelle je comptais, en aurait été une exquise – mieux que cela, une espèce de bonheur, – & certainement le seul événement heureux [de] mon année. Crac ! vous êtes à souffrir dans votre lit comme un damné.

Vous me verrez à Paris au commencement de X-bre. D'ici là, donnez-moi de vos nouvelles & si vous vous trouvez en état de venir, venez. Vous serez toujours le bienvenu chez votre

Gve Flaubert
qui vous embrasse

60 – Tourgueniev à Flaubert

I T
Paris
48, rue de Douai
Vendredi, 8 nov. 1872

Mon cher ami,

Depuis quelque temps nous nous écrivons des lettres fort tristes – cela sent la maladie, la mort – ce n'est pas notre faute – mais il faut tâcher de se secouer un peu. J'ai fort peu connu Gautier – vous rappelez-vous notre dîner chez vous ? – mais j'ai eu beaucoup de chagrin en apprenant sa mort – et j'ai aussitôt pensé à vous ; je savais que vous l'aimiez. – Madame Sand me parle de vous dans un petit billet qu'elle vient de m'écrire ; elle s'inquiète de vous voir dans des idées noires et me dit de tâcher de vous en donner d'autres, plus gaies... Je ne sais pas ce que je pourrais bien vous dire – mais je sais qu'une bonne et longue conversation nous ferait du bien à tous les deux. – Eh ! et comment l'avoir, cette conversation ? Ma maudite goutte semble desserrer les griffes – mais il ne faut pas même songer à bouger : je marche – en boitant – sans bâton – mais je n'ai pas encore quitté mes deux chambres. – Il faut donc attendre votre arrivée ici.

Qu'avez-vous à tant vous inquiéter de la *plèbe*, comme vous dites ? – Elle ne domine que sur ceux qui acceptent son joug. Voilà le cas de dire : « *etiam si omnes, ego non* ». – Et puis, est-ce que Monsieur Alexandre Dumas fils – la « charogne » (pour prendre votre expression) faite homme – est de la plèbe ? – Et Mr Sardou et Mr Offenbach et Mr Vacquerie et tous les autres – est-ce qu'ils sont de la plèbe ? Ils puent rudement pourtant. – La plèbe pue aussi – mais elle pue le mot de Cambronne ; les autres – c'est de la pourriture. Et puis, aussi longtemps qu'il y a quelqu'un au monde qui vous aime et sympathise avec vous...

Non, mon ami ; ce n'est pas là ce qui est difficile à supporter à notre âge ; c'est le « *taedium vitae* » en général, c'est l'ennui et le dégoût de toute chose humaine ; ce n'est pas de la politique cela, qui n'est, au bout du compte, qu'un jeu ; c'est la tristesse de la cinquantième année. – Et voilà en quoi j'admire Mme Sand : quelle sérénité, quelle simplicité, quel intérêt à toute chose, quelle bonté ! – Si pour avoir tout cela, il faut être un peu bénisseur, démocrate, voire même évangélique – ma foi ! – acceptons ces excroissances.

Il faut venir à Paris et apporter « Antoine » – et puis faire des projets, dévorer le monde ! – Nous avons beau être sceptiques, critiques, usés et fatigués – l'aiguillon de la poésie nous pousse dans les reins – et il faut marcher jusqu'au bout, surtout si l'on peut s'exciter à la vue d'un camarade, poussé de la même façon.

Je ne relis pas cette lettre allégorico-métaphysique ; je ne sais pas trop ce que j'ai écrit – je sais que je vous embrasse et vous dis : à bientôt.

Votre
J. Tourguéneff

61 – Flaubert à Tourgueniev

[Croisset]
Mercredi 13 [novembre 1872]

Votre dernière lettre m'a attendri, mon bon Tourgueneff. Merci de vos exhortations ! Mais, hélas ! mon mal est, j'en ai peur, incurable. Outre mes causes personnelles de chagrin (la mort, en trois ans, de presque tous ceux que j'aimais), *l'état social m'accable.* – Oui ! c'est ainsi. Ça peut être bête. Mais c'est comme ça.

La Bêtise publique me submerge. Depuis 1870, je suis devenu patriote. En voyant crever mon pays, je sens que je l'aimais. La Prusse peut démonter ses fusils. Pas n'est besoin d'elle p[ou]r nous faire mourir.

La Bourgeoisie est tellement ahurie qu'elle n'a plus même l'instinct de se défendre. – Et ce qui lui succédera sera pire ! J'ai la tristesse qu'avaient les patriciens romains au IVᵉ siècle. Je sens monter du fond du sol une irrémédiable Barbarie. – J'espère être crevé avant qu'elle n'ait tout emporté. Mais en attendant, ce n'est pas drôle. Jamais les intérêts de l'esprit n'ont moins compté. Jamais la haine de toute grandeur, le dédain du Beau, l'exécration de la littérature enfin n'a été si manifeste.

J'ai toujours tâché de vivre dans une tour d'ivoire. Mais une marée de merde en bat les murs, à la faire crouler. Il ne s'agit pas de politique, mais de *l'état mental* de la France. Avez-vous lu la circulaire de Simon contenant une réforme de l'instruction publique ? Le paragraphe destiné aux exercices corporels est plus long que celui qui concerne la littérature française. Voilà un petit symptôme significatif.

Enfin, mon cher ami, si vous n'habitiez pas Paris, je rendrais immédiatement à son propriétaire le logement que j'y loue. L'espoir de vous y voir q[uel]q[ue]fois est la seule considération qui me fait le garder.

Je ne peux plus causer avec qui que ce soit sans me mettre en colère. & tout ce que je lis de contemporain me fait bondir. Joli état ! – ce qui ne m'empêche pas de préparer un bouquin où je tâcherai de cracher ma bile. Je voudrais bien en causer avec vous. Je ne me laisse donc pas abattre, comme vous voyez. Si je ne travaillais pas, je n'aurais plus qu'à piquer une tête dans la rivière avec une pierre au cou. – 1870 a rendu beaucoup de gens fous, ou imbéciles, ou *enragés.* Je suis dans cette dernière catégorie. C'est là le vrai.

L'excellente Mme Sand est probablement ennuyée de ma mauvaise humeur ? Je n'entends plus parler d'elle. Quand se joue sa pièce ? N'est-ce pas au commencement de X^bre ? – C'est à cette époque-là que j'espère vous faire une visite.

D'ici là, tâchez de supporter votre goutte, pauvre cher ami ; & croyez bien que je vous aime. Votre

Gve Flaubert

62 – Tourgueniev à Flaubert

J T [initiales entrelacées]
Paris
48, rue de Douai
Mercredi, 11 déc. 72

Eh bien ! Voilà la mi-décembre qui arrive – et pas de Flaubert. Malheureusement je ne suis pas comme Mahomet – je ne puis aller à la montagne – je ne puis pas aller du tout – car voici quinze jours que je ne quitte pas la chambre – et Dieu sait combien cela durera encore ! – Ma goutte est pour le moins aussi obstinée que l'Assemblée de Versailles – et je crois qu'elle durera encore quand l'autre se sera déjà – ou aura été – dissoute. – Voyons – un bon petit effort – et venez à Paris. – Écrivez-moi en tout cas si vous avez l'intention de le faire – et *quand ?* – Personne ne vient – c'est désolant – Madame Sand reste assez à Nohant. Mais je ne désespère pas et vous dis au revoir. En attendant, je vous embrasse.

Votre
J. Tourguéneff

63 – Flaubert à Tourgueniev

[Croisset, 12 décembre 1872]

Mon cher ami,
J'avais d'abord projeté d'aller passer à Paris une quinzaine au commencement de ce mois, puis de revenir ici jusqu'à la fin de janvier. Mais, à présent, les trimbalages en chemin de fer me sont odieux, & p[ou]r m'épargner ces allées & venues, j'ai préféré en finir tout de suite avec *mes Affaires* !!! – et avancer l'époque de ma saison d'hiver. – Donc vous ne [me] verrez pas avant le 15 janvier. – Quand je vous aurai embrassé, j'irai voir Mme Sand, qui

m'a l'air de ne pas vouloir venir à Paris cet hiver, puisqu'on ne jouera pas sa pièce. – La censure l'a interdite. Je trouve cela gigantesque ! – Ah ! nous allons bien ! Mais où s'arrêtera le débordement de la stupidité publique ?…

Pauvre cher ami, comme ça m'embête de vous savoir toujours souffrant ! Vous m'avez l'air de vous ennuyer assez congruement ? Ma société, p[ou]r le quart d'heure, ne serait pas bien récréative ! Je tourne au Funèbre.

J'ai bien envie de causer avec vous longuement ! – & surtout de vous parler du bouquin que je médite. Il va me demander des lectures considérables. Mais quand j'aurai expectoré mon fiel, je serai peut-être plus tranquille ?

Le Nouvelliste de Rouen a reproduit votre *Roi Lear de la steppe* au commencement de 9bre. C'était une galanterie du rédacteur en chef qui savait que vous deviez venir, à ce moment-là, chez moi.

Dans six semaines environ, – on se verra donc – enfin.

Tibissimi

Gve Flaubert

12 X^{bre}, anniversaire de ma naissance. Votre ami prend 51 ans, & ne souhaite pas voir ce nombre doublé, contrairement aux vœux qui sont toujours formulés dans les chansons hyménéo-pochardes qu'on chante aux repas de noces :

Puissions-nous dans cent ans
Répéter tous gaiement

Aimez Aimée
Aimez Aimée } ter

Aimée est le nom de la jeune personne dont on trouve que l'auteur (qui est un des membres de la compagnie) « a très bien profité ». – Charmant ! charmant !

64 – Flaubert à Tourgueniev

[Paris]
Mercredi soir [15 janvier 1873]

Mon cher ami,

Vous n'entendez pas parler de moi, parce que j'ai une grippe abominable.

J'en suis à la période *toussante*, la plus intolérable p[ou]r autrui.

Combien de temps encore cela va-t-il durer ? – Problème ! Dès que je serai rétabli, j'irai vous voir.

Quelle merveille que le *Gentilhomme de la steppe* ! Il me tarde d'en causer avec vous.

Votre vieux
Gve Flaubert
qui ne pleure pas Badinguet,
quoique ce soit *bon genre.*

65 – Flaubert à Tourgueniev

[Paris, seconde quinzaine
de janvier 1873 ?]

J'ai attendu jusqu'au dernier moment, mais
il faut en prendre son parti. Vous ne me verrez
pas ce soir. Ma tousserie vous empêcherait de
manger. Cent pulsations à la minute, extinction
de voix, etc., bref une grippe carabinée.

Tous mes regrets aux amis.

Gve Flaubert

Je suis si rosse que j'ai du mal à vous écrire
ce billet.

66 – Flaubert à Tourgueniev

[Paris, 30 janvier 1873 ?]

Mon cher ami,

Mme Commanville, ma nièce, demeure rue
de Clichy, 77.

Il m'est impossible encore de vous dire quand
je pourrai vous lire S[ain]t-Antoine, et ce n'est pas
l'envie qui me manque, puisqu'à présent vous êtes
pour moi le *seul être* humain que je considère ! le
seul littérateur qui existe, le seul ami qui me reste !

Mais mon larynx est trop endommagé p[ou]r
gueuler congruement pendant plusieurs heures
consécutives.

Autre histoire. Si vous venez avec moi à Nohant, ne vaudrait-il pas mieux attendre que nous soyons à Nohant, puisque je dois lire S[ain]t-Antoine à Mme Sand ? Autrement vous subiriez la chose trois fois, ce qui me paraît un peu vif ?

Dès que je sortirai, j'irai chez vous. En tout cas, tâchez de venir me voir dimanche prochain, dans l'après-midi.

Tout à vous. *Ex imo.*

Gve Flaubert
Jeudi soir. 10 h.

67 – Flaubert à Tourgueniev

[Paris]
Mardi [4 mars 1873 ?]

Mon cher ami,

Connaissez-vous Mme *Ernesta Grisi*, l'ancienne maîtresse de Théo & la mère de ses enfants ? Probablement que non ? N'importe ! voici le service que je vous demande p[ou]r elle.

Elle est venue me trouver dimanche p[ou]r m'annoncer qu'elle donne un concert le 19 de ce mois – afin d'avoir un peu d'argent ; car elle crève de misère ; – et elle m'a prié de demander à Mme Viardot d'y chanter.

J'ai répondu que je ne connaissais pas assez Mme Viardot p[ou]r l'importuner d'une pareille requête. Je n'aime pas à me rendre désagréable, vainement.

Cependant, si j'étais sûr que Mme Viardot ne repoussât pas ma prière, je la lui adresserais. Tâchez donc de savoir, adroitement, si elle consentirait à cette bonne action ? et informez-moi de sa volonté.

Je comptais vous voir dimanche, soit chez moi, soit dans la maison « unmentionnable ». Vous y verrai-je demain soir ?

En tout cas, à bientôt ; n'est-ce pas ?

Votre vieux
Gve Flaubert

68 – Tourgueniev à Flaubert

[Paris]
48, rue de Douai
Mercredi matin [5 mars 1873 ?]

Mon cher ami,

J'ai parlé à Mme V[iardot] du désir exprimé par Mme E. Grisi. Malheureusement, c'est impossible. – Mme V[iardot] a dû se faire une loi de ne pas chanter pour des particuliers – elle reçoit tant de demandes que si elle consent une fois – il n'y a plus de raison pour refuser aux autres. – Elle regrette beaucoup de ne pouvoir rien faire précisément cette fois-ci. – Quand elle était plus jeune, cela pouvait aller – mais maintenant elle doit forcément se ménager beaucoup. – Voilà, mon bon ami, l'exacte vérité.

Je vous verrai certainement dimanche, peut-être plus tôt – j'irai probablement ce soir chez la princesse Mathilde.

Mille amitiés de votre
J. Tourguéneff

69 – Flaubert à Tourgueniev

[Nohant]
Lundi soir 4 h. [14 avril 1873]

Mon cher ami,

Nous vous attendons. On désespère de vous voir. Moi, je soutiens que vous viendrez. Problème !

Vous trouverez à la gare de Châteauroux, en descendant de wagon, des loueurs de voiture. Prenez-en une. Il y a bien la diligence, mais votre taille ne vous permet pas l'usage de cette boîte.

Mon intention est toujours de partir d'ici samedi.

Arrivez. Ou sinon, vous êtes un homme sans foi ni parole.

Votre vieux
Gve Flaubert vous embrasse.

70 – Flaubert à Tourgueniev

Croisset
jeudi [29 mai 1873]

J'ai reçu avant-hier votre nouveau volume, mon cher ami. – Je ne vous en parle pas, parce que je ne l'ai point encore lu. Quand je me serai un peu débrouillé dans mon premier acte, je m'y mettrai. Donnez-moi votre adresse à Carlsbad, afin que je puisse vous écrire.

Je travaille comme un furieux au *Sexe faible*, – piètre besogne en somme ! Je crois, p[ou]rtant, que j'arriverai à en faire q[uel]q[ue] chose ?

Il fait ici un temps de chien & je n'ai pas encore été au fond de mon jardin. Je m'occupe aussi de retaper ma pauvre maison, afin qu'elle soit digne de vous recevoir quand vous y viendrez à votre retour, p[ou]r 1° entendre la lecture du *Sexe faible* et de la *Féerie*, et 2° voir un peu mes alentours.

Je vous embrasse

Votre vieux
Gve Flaubert

Déposez-moi aux pieds de Mme Viardot.

Croisset, près Rouen
samedi [31 mai 1873]

Je n'y ai pas tenu, cher ami ! J'ai ouvert votre livre malgré les serments de vertu que je m'étais faits & je l'ai dévoré.

Quel immense bonhomme vous êtes ! Je ne vous parle pas du *Roi Lear de la steppe* que je connaissais, mais de *Toc-toc* & surtout de l'*Abandonnée*. Je ne sais pas si jamais vous vous êtes montré plus poète et plus psyc[h]ologue ! C'est une merveille, un chef-d'œuvre. Et quel art ! Que de malices d'exécution sous cette apparente franchise !

Voici maintenant ce qui me reste dans la tête.

Dans *Toc-toc,* la création de Téglew, l'homme fatal, à la fois poseur et naïf ! (Sa lettre ! Son album divin !) – & ce brouillard où on le cherche ! Le froid vous entre dans les os. Comme ça se voit ! Ou mieux, comme ça se sent ! Le mystère est suspendu tout le temps, de façon à faire presque peur. Puis l'explication arrive tout naturellement & soulage.

Le premier de vos contes est celui qui m'a plus le moins. Le second tableau : le paysage de pluie est p[ou]rtant bien puissant ; mais je crois que vous auriez pu allonger le tout ? N'est-ce pas un peu court ? Je dis peut-être une bêtise.

Mais je suis sûr de n'en pas dire en affirmant que l'*Abandonnée* est un *morceau* de premier ordre ! Le jeune homme qui colle & qui a peur de se compromettre, le Juif avec sa famille, le jeune Victor, – et surtout Elle, votre Abandonnée, m'ont enchanté. J'en poussais des exclamations de joie dans mon fauteuil. Comme ça fait du bien d'admirer !

La description de la manière dont Suzanne joue du piano, le portrait de son père, le vieux gentilhomme, etc., etc. Que vous dirai-je ? Vous m'épatez, voilà tout. On n'analyse pas de pareilles choses.

Voici une phrase (attendez que je cherche le livre), c'est p[age] 269 : « …et comme ces points lumineux qui s'agitaient dans l'obscurité, je sentais mes ténèbres à moi traversées par des clartés inconnues et subites », – que je trouve rarissime de justesse & de beauté.

Et comme c'est habile, au point de vue de l'intérêt, de n'avoir donné aucun détail sur ses rapports avec son second amant – qui a été son seul amant, bien entendu. Grâce à l'arrachement des derniers feuillets du manuscrit, elle reste pure dans le souvenir du lecteur.

Mais ce qui écrase tout, c'est l'enterrement, les enfants qu'on lève sur le cadavre ! – & la saoulerie finale. Énorme, mon cher ami, énorme !

Moi, je ne suis pas maintenant dans une littérature si haute. Je travaille *Le Sexe faible*. J'en ai encore p[ou]r un mois ou trois semaines, pas

davantage. Il est vrai que mes journées sont longues, & que je bûche, comme un furieux, sans
discontinuer.

Où êtes-vous maintenant ?

Donnez-moi des nouvelles de Mme Viardot.

Je vous embrasse bien fort.

Votre
Gve Flaubert
qui vous aime.

72 – Tourgueniev à Flaubert

Paris
48, rue de Douai
Mercredi, 4 juin 73

Mon cher ami,

Si vous croyez que je ne suis pas fier comme
un paon de tout ce que vous me dites dans votre
lettre !! – En voilà une que je garderai précieu-
sement. En vérité, je vous le dis, vous m'avez
fait un très grand plaisir – et je suis heureux de
voir que je vous en ai fait. Je vous serre la main
bien fort.

Vous avez raison de trouver le premier récit
(*Étrange histoire*) écourté. Il fallait là de bien plus
grands développements – ce sont des états psychologiques qu'il ne suffit pas d'indiquer. Mais
la paresse !

Je suis encore ici – mais je pars demain. – Je vous écrirai de Vienne et certainement de Carlsbad.

Travaillez – non, on n'a pas besoin de vous le dire – vous êtes laborieux comme une fourmi – mais portez-vous bien – et attendez-moi à Croisset au commencement du mois d'août.

Toute la famille se porte bien et vous fait dire mille choses.

Je vous embrasse bien fort et suis pour toujours
Votre vieux
Iv. Tourguéneff

P.S. On vous enverra mon autre volume dès qu'il aura paru. J'ai un peu peur pour ce volume.

73 – Flaubert à Tourgueniev

Croisset
jeudi 10 juillet [1873]

Mon cher ami,

Où êtes-vous, et comment allez-vous ? Madame Sand m'a écrit que vous aviez fait une chute et étiez blessé à la jambe. Je n'en sais pas plus. Tirez-moi d'inquiétude, et donnez-moi de vos nouvelles.

Vous savez que je compte sur votre promesse, c'est-à-dire que je vous attends ici au commencement d'août. Je dis tout au commencement, car vers le 8 ou le 10 je m'absenterai jusqu'à la fin du mois.

Je vous embrasse.

Votre vieux
Gve Flaubert

74 – Flaubert à Tourgueniev

Croisset
31 juillet [1873]

Ah ! enfin ! J'ai donc des nouvelles de mon bon vieux Tourgueneff ! et il m'envoie un livre de lui – ce qui me promet une journée rare.

Mais voici ce qui arrive, mon cher ami. Il faut que je parte d'ici *mardi* prochain, ou mercredi au plus tard. Or comme je tiens à vous posséder chez moi *longtemps*, parce que 1° j'ai une foule de lectures à vous faire, et que 2° je veux vous promener aux environs, j'aime mieux que vous veniez au commencement de 7bre. Vous ne pourriez pas maintenant rester suffisamment – pour ma soif.

Mme Sand m'avait inquiété avec votre chute. Mais je vois que ça va bien : tant mieux. Conservez-vous en bonne santé p[ou]r ceux qui vous aiment & qui ne veulent pas vous voir souffrir.

J'attends samedi prochain le sieur Carvalho – et dimanche j'aurai chez moi Raoul Duval.

Nous serions dérangés. – Cependant, si vous ne pouvez venir au mois de septembre, venez tout de suite. Car mieux vaut peu que point. Mais j'aimerais mieux le mois de 7bre.

Je suis en veine dramatique, car j'ai écrit *le Sexe faible* et, de plus, le plan d'une g[ran]de comédie politique intitulée *Le Candidat*, – ce qui ne m'a pas empêché de poursuivre mes lectures p[ou]r mes deux bonshommes.

Je vais m'en aller à Dieppe, à Trouville, puis à Paris, et aux environs.

Envoyez-moi un petit mot p[ou]r me dire vos intentions.

Dites, p[ou]r moi, tout ce que vous pourrez trouver de plus gentil aux Viardot. – Quant à vous, mon bon vieux, je vous embrasse le plus fortement possible.

Gve Flaubert
qui va se caler sur son divan & se foutre
une bosse avec les *Eaux printanières* !

75 – Flaubert à Tourgueniev

[Croisset]
Samedi 2 [août 1873]

C'est encore moi ! mon bon.

Je veux vous dire que j'ai lu les *Eaux printanières*, & relu le *Gentilhomme de la steppe*, dont je ne connaissais pas la 2e partie.

Les *Eaux printanières* ne m'ont [pas] ravagé comme *l'Abandonnée* ; mais j'en ai été troublé, mouillé, et comme vaguement distendu. C'est l'histoire de nous tous ! hélas ! Cela fait rougir sur son propre compte. Quel homme que mon ami Tourgueneff ! Quel homme !

L'intérieur de la confiserie, adorable, adorable ! Et la promenade à deux, le matin, quand ils causent sur un banc. – Pantaleone, le caniche – Énée ! & la fin, la fin douce & lamentable ! Ah ! voilà un roman d'amour, s'il en fut. Vous en savez long sur la vie, mon cher ami, & vous savez dire ce que vous savez, ce qui est plus rare.

Je voudrais être professeur de rhétorique pour expliquer vos livres ! Notez que je ne les expliquerais pas du tout ! N'importe, je crois que je ferais comprendre même à un idiot certains artifices qui m'épatent. Exemple : le contraste de vos deux femmes dans les *Eaux printanières*, & celui de leur entourage.

P[ou]r qualifier votre dernière œuvre, je ne trouve pas d'autre mot que celui-ci, qui est bien bête : *charmant*. Mais donnez-lui sa vraie signification, laquelle est profonde. Cela vous met le cœur en amour. On sourit, & on a envie de pleurer.

Le début du *Gentilhomme* est bien cocasse ! Cette fureur imbécile pose le caractère, très bien. Ce conte-là, comme tous les bons livres, gagne à la seconde lecture.

Donc, je compte sur vous, vers le 10 7bre. – Nous ne nous ennuierons pas ensemble !

Amitiés aux amis. – & à vous, mon cher vieux, mes plus hautes tendresses.

Gve Flaubert

76 – Tourgueniev à Flaubert

Bougival
(Seine-et-Oise)
Maison Halgan
Mercredi, 6 août 73

Vous me dites de trop bonnes choses, mon cher ami ; – elles me font rougir de plaisir – et de confusion. – C'est égal – c'est très agréable – et les vieux Latins avaient raison, quand ils parlaient de « *laudari a laudato viro* ».

Je suis tout content et tout fier d'avoir fait plaisir à mon vieux Flaubert – et à l'auteur d'« Antoine ». Et c'est très gentil à lui de me dire tout cela.

Ma lettre ne vous trouvera peut-être pas à Croisset – mais c'est égal : il faut qu'elle parte. – Au 10 septembre j'arrive – et nous ne nous ennuierons pas – oh non !

Savez-vous que toute notre bande (je parle de mes amis d'ici, qui vous disent mille choses) s'en va à la fin de septembre à Nohant – pour y passer une semaine au moins ! – Si vous veniez aussi – ce serait un triomphe !

Il fait une chaleur abominable – et, malgré les volets fermés, je suis à peu près ruisselant. Écrire est une chose héroïque – dans de pareilles conditions – aussi vous allez me permettre de vous embrasser sur les deux joues et de vous dire – au revoir et encore une fois merci.

Votre vieux fidèle
Iv. Tourguéneff

77 – Flaubert à Tourgueniev

[Paris]
Lundi 25 [août 1873]

Mon bon vieux Tourgueneff,

Je suis à Paris depuis q[uel]ques jours, déjà, – mais tellement occupé qu'il me sera impossible d'aller, comme je le voulais, vous faire une visite à Bougival.

C'est vous qui m'en ferez une à Croisset, ainsi qu'il est convenu. Ma nièce m'a écrit ce matin qu'elle compte vous voir à Dieppe. Donc, mon bon, prenez d'avance vos dispositions.

Je veux vous faire plusieurs lectures – & vous promener un peu. Tout cela vous demandera quelques jours. Arrangez-vous p[ou]r rester longtemps chez moi.

C'est bien le *10 7-bre*, n'est-ce pas, que vous apparaîtrez ?
Je vous embrasse.

Votre
Gve Flaubert

Vous pouvez me répondre, cette semaine, à Paris. Puis j'irai à S[ain]t-Gratien, puis aux environs de Rambouillet p[ou]r *B. et P.*, – enfin je serai à Croisset le 7 ou le 8, & je vous y attendrai impatiemment.

78 – Tourgueniev à Flaubert

I T [initiales entrelacées]
Bougival
(Seine et Oise)
Maison Halgan
Jeudi, 28 août 1873

Mon cher ami,
Mort ou vif, j'irai chez vous à Croisset – mais voici ce qui m'arrive.
Il y a deux ans, en Angleterre, j'ai fait la connaissance d'un très aimable garçon, nommé Bullock, qui avait un oncle extrêmement riche, un vieux général en retraite, nommé Hall. – Ce général Hall possédait la plus belle chasse de perdrix de toute l'Angleterre !!! – rien que cela. Mais c'était un original qui chassait seul et

n'invitait que son neveu – de temps en temps. – Et voilà qu'il meurt et qu'il laisse sa fortune, son nom et sa *chasse* à son neveu ; et voilà que le neveu se souvient de moi et m'invite d'aller chez lui tuer des montagnes de perdreaux entre le 9 et le 14 septembre ! – Malgré ma passion effrénée pour la chasse, seule passion qui me reste – je me suis souvenu de ma promesse – et j'ai répondu… évasivement ; d'autant plus que je ne sais pas si ma goutte me permet de pareilles fredaines – et s'il n'est pas honteux à un vieux barbon comme moi de traverser deux fois les mers pour jeter du plomb à des perdreaux ? – Le fait est que je suis indécis – et voici pourquoi, voulant me mettre à l'aise, je vous demande de remettre à 5 jours mon arrivée à Croisset – c'[est] – à-d[ire] d'y venir le 15 au lieu du 10. – Il est plus que probable que je n'irai pas en Angleterre – mais comme cela je serai tranquille. – C'est entendu, n'est-ce pas ?

Je dois aller samedi à Paris pour affaires. À midi précis je serai au café Riche pour y déjeuner. – Si vous pouvez y venir – bravo ! – Si non – je saurai que vous acceptez ce petit retard sans trop d'indignation.

Et en attendant je vous souhaite santé et bonne humeur – et je vous embrasse.

Votre

J. Tourguéneff

79 – Flaubert à Tourgueniev

[Croisset, 25 septembre 1873 ?]

Ah ! enfin !!!

Donc, *je vous attends la semaine prochaine*, à condition, toutefois, que vous ne vous en irez pas trop vite. Prenez vos précautions d'avance.

Moi aussi, j'ai bien des choses à vous dire.

Nous verrons si « Gautier d'Aulnay est un gentilhomme sans foi & sans honneur » (*Tour de Nesle*).

Je vous embrasse, en *brûlant* d'impatience.

Votre

Gve Flaubert

Jeudi

80 – Tourgueniev à Flaubert

[Paris]

48, rue de Douai

Mercredi, 19 nov. 73

Eh bien, cher ami, depuis hier vous avez la dictature militaire. Vous êtes, comme on l'a dit, Macmahonnien. Il m'avait toujours semblé qu'être tout simplement Français valait mieux ; mais je peux me tromper.

Le seul bon côté de tout cela, c'est que rien ne doit plus vous empêcher de publier « Antoine », puisqu'on nous promet la paix, la reprise des affaires, et pendant 7 ans. Je suis allé avant-hier à Versailles et j'en suis revenu tout dégoûté et attristé.

Au diable la politique ! Je suis fort content de voir que vous travaillez ferme et que votre comédie avance à pas de géant. Celle de Sardou (que je n'ai pas vue du reste) fait plus de bruit que de besogne. Je ne crois pas qu'elle ait les 200 représentations de *Rabagas*. La vôtre pourrait arriver plus tôt.

Ma santé s'est remise, je suis un peu tourmenté par une toux nerveuse, mais il faut bien qu'on ait quelque chose.

Je ne quitte pas Paris avant la fin de janvier. À bientôt, j'espère. Tout le monde va bien.

Je vous embrasse

Votre vieux
Iv. Tourguéneff

81 – Flaubert à Tourgueniev

[Croisset]
Mercredi soir, 3 X^{bre} [1873]

J'ai fini le *Candidat* ! Carvalho est venu en entendre la lecture dimanche, & j'entre en répétition le 20 de ce mois.

Mais… mais… Enfin, mon cher vieux, je suis vaguement inquiet & d'avance embêté de tout ce que je vais éprouver. Ne faites jamais de théâtre. Une journée, comme celle que j'ai subie dimanche, n'est comparable à rien. Je n'ai pas les nerfs assez robustes p[ou]r vivre dans ce monde-là !

Bref, vous me verrez avant une quinzaine. Donc ne partez pas si vite. Est-ce que sérieusement vous allez vous mettre en route p[ou]r la Russie juste au beau milieu du froid ? (si le froid peut avoir un milieu).

En relisant votre lettre du 19 novembre, je m'aperçois que vous ne devez pas quitter « nos bords » avant la fin de janvier. – Tant mieux ! On aura le temps de se voir un peu ! – Je suis bien impatient de vous lire ma pièce.

Carvalho désire que j'y intercale de grosses violences, des tirades contre… je ne sais quoi, les petits journaux par exemple, – ce à quoi je me suis refusé carrément, parce que je trouve cela facile, canaille & anti-esthétique, indigne de moi p[ou]r dire le mot.

Le bon Carvalho, accoutumé à des gens qui mettent à leur ouvrage moins de conscience qu'un bottier n'en met au sien, ne comprend goutte à mes susceptibilités. Je suis sûr qu'il est parti de chez moi me croyant aux trois quarts fou. En effet, je ne suis pas « raisonnable » ; je ne fais pas « comme tout le monde » ! De là, épatement-& scandale.

Oh ! l'Action ! Du moment que je m'en mêle, il m'en cuit. & puis, il y a une maxime d'Épictète, qu'il faudrait se rappeler : « Si tu cherches à plaire, te voilà déchu. »

Si vous n'avez rien de mieux à faire, envoyez-moi un autographe. Vous serez bien gentil.

Je vous embrasse comme je vous aime, très fortement

Votre

Gve Flaubert

Ma nièce est en Suède avec son mari. Elle sera à Paris vers le jour de l'an.

Respects et amitiés chez vous.

82 – Tourgueniev à Flaubert

I T
Paris
48, rue de Douai
Samedi, 6 déc. 73

Mon cher ami, si je ne vous ai pas répondu sur-le-champ – c'est que j'ai été absent pendant trois jours – chez ma fille. – Je suis très content d'apprendre que vous avez fini votre pièce – et pas étonné du tout de tous les plis et replis de Carvalho. Vous en verrez bien d'autres – et vous devez dès à présent « *aciérer* (du mot : acier) *vos nerfs* » – comme disent les Allemands – précisément parce que votre pièce ne ressemble pas à tout ce qu'on a déjà fait. Le tout est de traverser toutes ces anxiétés d'accouchement avec le plus de calme possible.

Je me réjouis fort de vous voir bientôt – je ne quitte Paris que dans deux mois – ou même plus tard.

Je n'ai pas encore vu *L'Oncle Sam* – mais j'ai vu *Monsieur Alphonse* de Dumas. C'est une machine *fortement charpentée* – et en somme fort remarquable et empoignante, quoiqu'il y ait un rôle de jeune fille de 11 ans qui donne des nausées – et quoiqu'on y rencontre des phrases dans le genre de :

« Ô cœur humain, profond comme le ciel, mystérieux comme la mer (ou la mort !) » – ou bien :

« Créature de Dieu, être vibrant, où veux-tu que je prenne la force de te punir ? » – ou bien encore :

« À quoi était occupée la bonté de Dieu, quand elle a créé cet homme ? »

Est-ce assez niais, hein ?

Tout le monde va bien ici ; je suis allé frapper à la porte de Mme Commanville et j'ai appris qu'elle était à Stockholm. Il faut pourtant revenir à Paris !

À bientôt – n'est-ce pas ? Je vous embrasse
Votre vieux

Iv. Tourguéneff

83 – Flaubert à Tourgueniev

Mon bon vieux,

La première a lieu mercredi, et la répétition générale mardi à midi et demi.

Jusqu'à présent, je n'ai pas de loge pour vous. (Oh ! quelle histoire que celle des places !) Mais j'ai trois fauteuils d'orchestre. Ma nièce n'a qu'une loge de secondes.

Je m'en suis collé pour 228 francs ; et ceux que j'aime ne seront pas placés ou le seront mal.

Gve Flaubert

84 – Tourgueniev à Flaubert

Berlin
Hôtel de St-Pétersbourg
Dimanche, 17 mai 1874

Mon cher ami,

Je vous envoie un article qui vient de paraître dans la *National-Zeitung* sur « Antoine ». C'est K. Frenzel qui l'a écrit – et en somme il est assez favorable. – Mais pourquoi n'a-t-on pas envoyé les exemplaires demandés par moi à Julian Schmidt, qui est le premier critique littéraire de l'Allemagne et à Louis Pietsch qui en est le premier feuilletonniste ? Je les avais pourtant désignés sur ma liste – j'en suis *absolument sûr*. Faites réparer cet oubli au plus vite. – Je donne de nouveau les adresses :

Dr. Julian Schmidt, Kurfürstenstrasse, n° 70, Berlin.

Mr Ludwig Pietsch, Landgrafenstrasse, n° 8. Berlin

Je les ai vus tous les deux – et tous les deux se sont plaint de n'avoir rien reçu.

Je vous écris cette lettre encore à Paris, parce que je suppose que vous y êtes encore ; du reste, si vous n'y êtes plus, on vous l'enverra.

Je pars ce soir pour Pétersbourg – j'y dîne après-demain, si rien ne m'arrive. – Mon adresse à St-P[étersbourg] est à *l'hôtel Demouth*.

Je vous embrasse bien cordialement

Votre vieux
J. Tourguéneff

85 – Flaubert à Tourgueniev

1er juin [1874]

Croisset

Mon bon vieux,

J'ai eu la bêtise de perdre votre lettre de Berlin, dans laquelle vous me donniez votre adresse à S[ain]t-Pétersbourg, de sorte que celle-ci vous sera remise par l'intermédiaire de Mme Viardot à qui je l'envoie.

Que de kilomètres nous séparent ! Mais le dicton est juste : « loin des yeux, près du cœur ». J'en ai eu la preuve par la gentille attention que vous avez eue en m'adressant un aimable feuilleton sur *S[ain]t-Antoine*.

Il me tarde d'avoir de vos nouvelles ! Si vous en avez le temps, écrivez-moi, longuement.

Quant à moi, mon bon, voici mon programme : vers la fin du mois, j'irai me rafraîchir au Righi, pendant une vingtaine de jours. – J'en passerai q[uel]ques-uns à Paris, – puis, je reviendrai ici me mettre à mon roman qui me fait trembler de plus en plus. – À mesure que j'y réfléchis, ma terreur augmente.

Perrin n'ayant pas voulu du *Sexe faible*, je l'ai porté à l'Odéon, dont je n'ai jusqu'à présent aucune réponse. Je m'en moque après tout, ma philosophie à l'endroit du théâtre étant complète.

Je viens de lire d'un trait, aujourd'hui même, le dernier roman de Zola, *la Conquête de Plassans*, et j'en suis encore tout ahuri. C'est roide. Ça vaut mieux que *le Ventre de Paris*. Il y a, vers la fin, deux ou trois choses superbes. Mme Sand m'a envoyé *La Sœur Jeanne*, que je commencerai demain. Mais je lis tellement (p[ou]r mon bouquin) que mes pauvres yeux commencent à se fatiguer. Il faudrait tout savoir p[ou]r ce chien de livre-là.

Avez-vous trouvé à S[ain]t-Pétersbourg le renseignement que vous vouliez p[ou]r le vôtre ? Moi, il m'a été impossible encore une fois de découvrir l'endroit où je placerai la maison de mes deux bonshommes ! – Dans une quinzaine, je ferai une petite excursion en basse Normandie, dans ce seul but ! Serais-je plus heureux ? *Ça ne va pas !* Il me semble, par moments, que je suis vidé. J'éprouve ce que les mystiques appellent l'état de sécheresse. La confiance me fait défaut. – Premier signe de décrépitude. Ah ! si on pouvait dépouiller sa vieille peau comme les serpents, renouveler son moi, rajeunir !

Quel temps avez-vous là-bas ? Ici, il fait très chaud, & les Parisiens tirent la langue. L'été est une saison qui prête au comique. Pourquoi ? Je n'en sais rien. Mais cela est.

Et la goutte ? Et l'estomac ? & le reste ? qu'en faites-vous ?

Ma nièce, qui se trouve maintenant à Croisset, me charge de vous présenter toutes ses amitiés. Elle part p[ou]r la Suède dans une dizaine de jours. Le voyage en Russie est encore incertain.

Adieu, mon cher & bon vieux. Tenez-vous en liesse & en santé.

Je vous embrasse bien tendrement.

Votre
Gve Flaubert

Adressez-moi votre prochaine lettre à Croisset, jusqu'au 20 juin environ. – Et ne pas oublier dans vos projets que vous m'avez promis d'y venir cet automne passer *au moins* 15 jours !

Charpentier m'a affirmé qu'il avait envoyé des exemplaires de *S[ain]t-Antoine* « *à toutes* les adresses données par Mr Tourgueneff ».

86 – Tourgueniev à Flaubert

(Blason aux initiales I T)
Spasskoïé
Gouvernement d'Orel
Ville de Mtsensk
Mercredi, 17 / 5 juin 1874

Mon cher ami,

Je vous écris du fond de mon sac, où je suis arrivé ce matin et où je trouve votre lettre du 1er juin. – Elle a mis du temps – comme vous voyez – mais ce n'est pas sa faute, ni celle de Mme Viardot. Je ne croyais pas rester si long-temps à Pétersbourg et à Moscou – et j'avais donné un itinéraire – ou plutôt un arrangement de mon temps qui se trouve être inexact. – Ce qui est ennuyeux – c'est que vous ne serez plus à Croisset à partir du 20 – c'est-à-dire à partir d'après-demain – et que cette lettre aura à cou-rir après vous. – Elle vous rattrapera, j'en suis sûr – et pourtant – cela me glace tant soit peu la plume.

Ce n'est pas la première fois que je vous écris d'ici – et vous connaissez l'endroit : c'est vert, doré, large, monotone, doux, vieillot et terriblement immobile. – Un ennui patriarcal, lent et enveloppant. – Si je puis travailler, je resterai ici quelques semaines ; sinon, je pars comme une flèche pour Carlsbad – et de là pour Paris. Mon séjour en Russie n'a pas été inutile – en tous cas ; [*sic*] – j'ai trouvé – à peu près – ce que je cherchais ; – il est vrai que je suis moins – beaucoup moins – exigeant que vous ; vous l'êtes trop. – Vous êtes content du roman de Zola ? Je lui ai écrit ; j'ai arrangé son affaire pour l'avenir – ce n'est pas grand-chose ; – mais autant vaut cela que rien. Il continue à être fort lu en Russie – et traduit : on vient de publier sa *Curée*.

« Antoine » n'est décidément pas pour le gros public : les lecteurs ordinaires reculent épouvantés – même en Russie. – Je ne croyais pas mes compatriotes si mièvres que cela. Tant pis ! Mais « Antoine » – malgré tout – est un livre qui restera.

Je vous raconterai pas mal de choses qui vous feront rire – une fois que je serai de retour – et dans votre bon cabinet de Croisset.

— Il y a des choses bien bizarres – et intéressantes – dans ma « cara patria ». Pour le moment, grâce à un léger abus de laitage auquel j'ai cru pouvoir me livrer, dans l'espoir que l'air natal ferait tout passer, je suis en proie à des coliques d'une violence !! Je crois qu'elles doivent se sentir jusque dans la forme des lettres des mots que j'écris… Ce n'est ni bizarre, ni intéressant – quel chien d'estomac !

Et quelle chienne de politique dans ce moment !!? – Hein ? qu'en dites-vous ? – Ni vous, ni moi, nous n'aimons pas qu'on en parle – mais le moyen de ne pas pousser au moins un Oh ! ou un Ha !

Je pense avec plaisir au moment où nous pourrons reprendre nos petits dîners si gentils d'auteurs dramatiques sifflés. – En attendant, si cette lettre vous trouve perché sur un glacier quelconque du Righi, rafraîchissez-vous à force !

Quand vous écrirez à votre gentilissime nièce, faites-lui mes meilleures amitiés. Je vois bien que je ne la verrai pas en Russie.

Étude de compatriote
vu par derrière
(le 16 juin, par 16 degrés de chaleur)

Là-dessus (pas sur ce derrière) je vous embrasse et vous dis au revoir.

Votre vieux

Iv. Tourguéneff

87 – Flaubert à Tourgueniev

Jeudi, 2 juillet 1874
Karltbad, Righi, Suisse

Moi aussi, j'ai chaud, et je possède cette supério-
rité ou infériorité sur vous que je m'embête d'une
façon gigantesque. Je suis venu ici pour faire acte
d'obéissance, parce qu'*on* m'a dit que l'air pur
des montagnes me dérougirait et me calmerait
les nerfs. Ainsi soit-il. Mais jusqu'à présent je ne
ressens qu'un immense ennui, dû à la solitude
et à l'oisiveté ; et puis, je ne suis pas *l'homme de
la Nature* : « ses merveilles » m'émeuvent moins
que celles de l'Art. Elle m'écrase sans me fournir
aucune « grande pensée ». J'ai envie de lui dire
intérieurement : « C'est beau ; tout à l'heure je
suis sorti de toi ; dans quelques minutes j'y ren-
trerai ; laisse-moi tranquille, je demande d'autres
distractions. »

Les Alpes, du reste, sont en disproportion avec
notre individu. C'est trop grand pour nous être
utile. Voilà la troisième fois qu'elles me causent
un désagréable effet. J'espère que c'est la dernière. Et puis, mes compagnons, mon cher vieux,
messieurs les étrangers qui habitent l'hôtel ! tous
Allemands ou Anglais, munis de bâtons et de
lorgnettes. Hier, j'ai été tenté d'embrasser trois
veaux que j'ai rencontrés dans un herbage, par
humanité et besoin d'expansion.

Mon voyage a mal commencé, car je me suis fait, à Lucerne, extraire une dent par un artiste du lieu. Huit jours avant de partir pour la Suisse, j'ai fait une tournée dans l'Orne et le Calvados, et j'ai enfin trouvé l'endroit où je gîterai mes deux bonshommes. Il me tarde de me mettre à ce bouquin-là, qui me fait d'avance une peur atroce.

Vous me parlez de *Saint-Antoine* et vous me dites que le gros public n'est pas pour lui. Je le savais d'avance, mais je croyais être plus largement compris du public d'élite. Sans Drumont et le petit Pelletan, je n'aurais pas eu d'articles élogieux. Je n'en vois venir aucun du côté de l'Allemagne. Tant pis ! à la grâce de Dieu. Ce qui est fait, est fait ; et puis, du moment que vous aimez cette œuvre-là, je suis payé. Le grand succès m'a quitté depuis *Salammbô*. Ce qui me reste sur le cœur, c'est l'échec de *l'Éducation Sentimentale*. Qu'on n'ait pas compris ce livre-là, voilà ce qui m'étonne.

J'ai vu jeudi dernier le bon Zola qui m'a donné de vos nouvelles (car votre lettre du 17 m'a rattrapé à Paris le lendemain). Sauf vous et moi, personne ne lui a parlé de la *Conquête de Plassans*, et il n'a pas eu un article, ni pour ni contre. Le temps est dur pour les Muses. Paris m'a d'ailleurs semblé plus bête et plus plat que jamais. Si détachés que nous soyons l'un et l'autre de la politique, nous ne pouvons pas nous empêcher d'en gémir, ne serait-ce que par dégoût physique.

Ah ! mon cher bon vieux Tourgueneff, que je voudrais être à l'automne pour vous avoir chez moi, à Croisset, pendant une bonne quinzaine ! Vous apporterez votre besogne, et je vous montrerai les premières pages de *Bouvard et Pécuchet*, qui, espérons-le, seront faites ; et puis, je vous ouïrai.

Où êtes-vous présentement, en Russie ou à Carlsbad ? Ce qui serait sublime, ce serait de revenir en France par le Righi. Mais les Decius ne sont plus de ce monde. Je résiste à l'envie de me rembarquer sur le lac et de passer le Saint-Gothard pour aller finir mon mois à Venise. Là, au moins, je m'amuserais.

Ma nièce doit être actuellement au-delà de Stockholm, elle compte être revenue à Dieppe à la fin de juillet.

Pour m'occuper, je vais tâcher de creuser deux sujets encore fort obscurs. Mais je me connais, je ne ferai ici absolument rien. Il faudrait avoir vingt ans et se promener dans ces paysages avec la bien-aimée. Les chalets se mirant dans l'eau sont des nids à passion. Comme on *la* serrerait bien contre son cœur au bord des précipices ! Quelles expansions, couchés sur l'herbe, au bruit des cascades, avec le bleu dans le cœur et sur la tête ! Mais tout cela n'est plus à notre usage, mon vieux, et a toujours été fort peu au mien.

Je répète qu'il fait atrocement chaud ; les montagnes, couvertes de neige au sommet, sont éblouissantes. Phœbus darde toutes ses flèches.

Messieurs les voyageurs confinés dans leurs chambres suent et boivent. Ce qu'on boit et ce qu'on mange en Helvétie est effrayant. Partout des buvettes, des « restaurations » ! Les domestiques de Kaltbad ont des tenues irréprochables : habit noir dès 7 heures du matin ; et comme ils sont fort nombreux, il vous semble qu'on est servi par un peuple de notaires ou par une foule d'invités à un enterrement : on pense au sien, c'est gai.

Écrivez-moi souvent et longuement : vos lettres seront pour moi « la goutte d'eau dans le désert ».

Vers le 25, je compte bien quitter la Suisse ; je resterai sans doute quelques jours à Paris.

Adieu, cher grand ami, je vous embrasse de toutes mes forces.

Votre
Gve Flaubert

88 – Tourgueniev à Flaubert

Moscou
Boulevard Pretchistenski
Au Comptoir des Apanages
Dimanche, 12 juillet 1874
30 juin

Mon cher ami,

J'ai reçu votre lettre du Righi au moment où, péniblement hissé sur deux béquilles, je me fourrais dans une voiture pour quitter la campagne et venir ici. – Je ne me suis cassé aucun membre, comme vous pourriez le supposer ; mais *l'air natal*, qui fait tant de bien aux Marseillais, m'a redonné un accès de goutte – et cette fois aux *deux* pieds ; – m'a cloué dans mon lit pendant quinze jours, – et ne m'a pas encore lâché. – Vous dire que cela me fait voir la vie en rose – ou en bleu d'azur – (je pense à votre rêve sous le ciel de la Suisse) – serait dire un gros mensonge. – Infirmités, dégoût lent et froid, agitations pénibles des souvenirs inutiles – voilà, mon bon vieux, la perspective qui s'offre à la vue de l'homme ayant passé la cinquantaine. – Et par-dessous et au-delà de tout cela – la résignation – la HIDEUSE résignation, cette préparation de la mort… Assez ! Je vais tâcher de filer aussi vite que je pourrai sur Karlsbad, pas sur le Karlsbad où vous vous morfondez – mais sur K[arlsbad] en Bohême, où je vais rester cinq semaines. – Et en automne – plus tard ! [*nous*] nous verrons. Pour le moment, je ne veux faire aucun plan – pas de plan agréable surtout – je craindrais de me flanquer la *jettatura* à moi-même.

Vous ne m'avez pas l'air de vous amuser sur ces sommets sublimes, chantés par Haller et Rousseau. – Il faut l'avouer : le peuple qui vit le plus constamment en face de ces sublimités – je parle des Suisses – est bien le peuple le plus lourdement ennuyeux et le moins doué que je connaisse. – D'où vient cette anomalie ? dirait un philosophe. – Ou peut-être n'est-ce pas du tout une anomalie ? – Quelle serait là-dessus l'opinion de Bouvard et Pécuchet ?

Je suis enchanté que vous ayez enfin trouvé un *site* – ou plutôt – le site. – Mais plus j'y rêve – plus c'est un sujet à traiter *presto* – à la Swift, à la Voltaire. Vous savez que ça a toujours été mon opinion. Votre scénario raconté m'a semblé charmant et drôle. – Si vous vous appesantissez là-dessus, si vous êtes trop savant…

Enfin – vous avez les mains à la pâte.

La Conquête de Plassans de Zola a été traduit en abrégé dans un journal russe. – Plus tard on traduira in extenso. – On l'aime en Russie.

Si vous profitiez de votre glacière du Righi pour inventer quelque chose de passionné, de torride, d'incandescent ? Hein ? – C'est une idée – ça !

Mais surtout – rafraîchissez-vous vous-même. Malheureusement, chez certaines natures l'ennui fouette et agite le sang. – Revenez-nous pâle et monochrome, comme un vers de Lamartine.

J'ai de bonnes nouvelles de mes amis de Paris et de Bougival. – Cela me met du baume dans le sang.

À propos de politique…

Vous aurez un bon sabre inglorieux, un sabre de gendarme pour vous gouverner pendant 7 ans. Et vous verrez qu'il finira par gouverner tout seul, sans chambres.

Cela me fait penser qu'à la campagne (où j'ai une très bonne bibliothèque) – j'ai lu dans la

collection intitulée « Choix des rapports, etc.,
prononcés à la Tribune française depuis 1789
jusqu'à 1821 » le discours de Robespierre sur la
question : Louis XVI doit-il être jugé ? – Il m'a
paru admirablement beau ! – Plus tard, vers la fin
de sa carrière, Robespierre s'est gâté : il a donné
dans le sentiment et les grandes phrases émues
et ronflantes. Mais il avait du bon, ce gaillard-là !

Au revoir, mon ami – probablement à Croisset,
au mois de septembre – bien portants tous les
deux – espérons-le !

Je vous embrasse

Votre vieux
Iv. Tourguéneff

P.S. Êtes-vous bien sûr que ce soit Karlsbad où
vous êtes ? – Vous écrivez deux fois : Karltbad ;
– mais c'est un nom impossible. – Je vais fignoler
sur l'adresse.

89 – Flaubert à Tourgueniev

Dieppe
mercredi 29 juillet [1874]

Mon bon vieux Tourgueneff,
Je serai revenu à Croisset vendredi (après-
demain) et le samedi 1er août, je commence,
enfin, *Bouvard et Pécuchet* ! Je m'en suis fait le
serment ! Il n'y a plus à reculer ! Mais quelle

peur j'éprouve ! Quelles transes ! Il me semble que je vais m'embarquer p[ou]r un très g[ran]d voyage vers des régions inconnues – & que je n'en reviendrai pas.

Malgré l'immense respect que j'ai p[ou]r votre sens critique (car chez vous le Jugeur est au niveau du Producteur, ce qui n'est pas peu dire), je ne suis point de votre avis sur la manière dont il faut prendre ce sujet-là. S'il est traité brièvement, d'une façon concise & légère, ce sera une fantaisie plus ou [moins] spirituelle, mais sans portée & sans vraisemblance, tandis qu'en détaillant & développant j'aurai l'air de croire à mon histoire – et on peut faire une chose sérieuse & même effrayante. Le g[ran]d danger est la monotonie & l'ennui. Voilà bien ce qui m'effraie cependant…

Et puis, il sera toujours temps de serrer, d'abréger. D'ailleurs, il m'est impossible de faire une chose courte. Je ne puis exposer une idée sans aller jusqu'au bout.

Autre histoire. Vous souvenez-vous d'une pièce de moi & de Bouilhet : *Le Sexe faible* ? Eh bien, après avoir [été] acceptée par le Vaudeville & reprise par moi, car le Vaudeville n'en voulait plus, puis refusée par Perrin comme indécente, et trouvée « à remanier d'un bout à l'autre » par Duquesne, elle est jugée par le théâtre de Cluny « excellente », et le directeur de ce tréteau subalterne compte avoir avec elle « un g[ran]d succès d'argent ». Admirez la contradiction de tous ces jugements ! Que dites-vous de tous ces imbéciles, de tous ces malins pleins d'expérience ? & tâchez, d'après leur opinion, de tirer une conclusion pratique ! & songer que Mme Sand croit à ces messieurs et écoute leurs avis ! – Quoi qu'il en soit, ladite pièce sera jouée après celle de Zola, probablement en novembre ? J'entrerai en répétition vers le milieu d'octobre. – Cela va me faire perdre 2 mois – et peut-être me valoir de nouvelles avanies. Mais je m'en moque profondément. – La moindre des phrases de *B. et P.* m'inquiète plus que *Le Sexe faible* tout entier.

Votre dernière lettre me paraît mélancholieuse [*sic*] ? Si je me laissais aller, je pour[r]ais vous donner la réplique. Car moi aussi, je suis terriblement embêté – par tout, & principalement par mon propre individu. Il me semble, par moments, que je deviens idiot, que je n'ai plus une idée & que mon crâne est vide comme un cruchon sans bière. Mon séjour (ou plutôt mon oisiveté crasse) au Righi m'a abruti. On ne devrait jamais se reposer, car du moment qu'on ne fait plus rien, on songe à soi – et dès lors on est malade, ou l'on se trouve malade, ce qui est synonyme.

Et vous, mon pauvre vieux, comment va cette goutte ? Puisque Karlsbad vous avait fait l'année dernière beaucoup de bien, p[ou]rquoi n'en serait-il pas de même cette année ?

Si vous revenez vers le commencement de 7-bre, il est possible que je vous voie à Paris, car j'y passerai peut-être à ce moment-là, deux ou trois jours ? – En tout cas, je compte sur vous cet automne à Croisset. Mon bouquin sera en train & nous pourrons en causer jusque dans les moelles.

La politique devient incompréhensible de bêtise. – Je ne crois pas à la dissolution de la Chambre. – À propos de politique, j'ai vu à Genève une chose bien curieuse : le cabaret du père Gaillard, cordonnier & ex-général de la Commune… Je vous en ferai la description. C'est *tout un monde*, le monde [tel] que le rêve la démocratie – & que je ne verrai pas, Dieu merci ! Ce qui va occuper le premier plan, pendant peut-être deux ou trois siècles, est à faire vomir un homme de goût. Il est temps de disparaître.

Adieu, mon bon cher vieux. Donnez-moi de vos nouvelles & revenez-nous guéri.

Je vous embrasse bien fort.

Votre
Gve Flaubert

90 – Flaubert à Tourgueniev

Croisset
mardi 22 [septembre 1874]

Donnez-moi donc de vos nouvelles, mon cher vieux. Voilà un mois que je n'ai entendu parler de vous ! & j'ai peur que vous ne soyez trop souffrant p[ou]r m'écrire.

Quant à moi, j'ai eu pendant q[uel]ques jours une violente dysenterie, dont je me suis tiré avec du bismuth & du laudanum.

Et j'ai repris confiance en *Bouvard et Pécuchet* ! Ça va mieux ! Je crois être dans le ton ? J'aurai bientôt fini le Ier chapitre.

Les répétitions du *Sexe faible* commenceront sans doute dans un mois. Donc, à cette époque, je reviendrai à Paris p[ou]r tout l'hiver. Mais, d'ici là, je voudrais bien avoir fini l'introduction de mes bonshommes.

Puisque vous êtes un lecteur de la Feuille Bulozienne, avez-vous savouré l'*Histoire d'un diamant* de P. de Musset ? Quelle œuvre ! Je vous défie d'en faire une pareille !

Je vous recommande d'aller dans le vestibule de la photographie *Nadar(near Old England)*. Là, vous verrez la photographie grandeur naturelle d'Alex [andre] Dumas, & tout à côté le buste en terre cuite du même Dumas ! – On annonce de lui une préface à *Manon Lescaut* et une préface à *Paul et Virginie* ! & songer qu'il ne se doute pas de son comique !

Avez-vous des nouvelles de Mme Sand ? Elle ne m'écrit plus.

Je vous embrasse.

Votre vieux
Gve Flaubert

91 – Flaubert à Tourgueniev

[Croisset]
Jeudi 8 [octobre 1874]

Mon cher vieux,

Merci de votre envoi. Voilà de ces attentions d'ami. « Je te reconnais bien là, Marguerite. »

Vous remercierez p[ou]r moi Mr Lindau, il est bien aimable. Quand ma nièce sera ici, dans une huitaine, je me ferai traduire ses articles.

Pour ce qui est de *Salammbô*, il est bon de prévenir Mr Lindau & son éditeur que ce livre a été traduit en allemand, dès son apparition, par Mme ? (Je ne sais plus le nom). C'est une amie de Mme Cornu, la femme d'un professeur d'Iéna, je crois ? – & il m'est impossible de retrouver ce volume, couvert en jaune !

Si je peux, de ce côté-là, toucher q[uel]ques monacos, ça me fera plaisir. Je vous laisse là-dessus toute liberté.

J'attends l'appel de Cluny p[ou]r quitter Croisset.

Bouvard et Pécuchet viennent d'arriver dans leur maison de campagne ! j'aurai fini le premier chapitre à la fin de la semaine prochaine. Les affaires dramatiques (qui m'inquiètent fort peu, d'ailleurs) vont me déranger ! mais je reviendrai ici le plus tôt que je pourrai.

À bientôt. – Je vous embrasse

Gve Flaubert

Savourez-vous les luttes intra-bonapartistes, la querelle des Jéromistes & des Louloutiens ? Est-ce assez farce ? – Je suis dévoré du besoin de faire une pièce sur l'évasion Bazaine. Mais le sens du comique est mort ! Cette histoire-là, autrefois, aurait donné des convulsions de rire ; elle a passé presque inaperçue. Ô Welches ! comme disait M. de Voltaire.

92 – Flaubert à Tourgueniev

[Paris, 25 novembre 1874]

Qu'y a-t-il donc ? Êtez-vous plus malade ? P[ou]rquoi ne vous vois-je point ? P[ou]rquoi n'ai-je pas de vos nouvelles ?

Zola et Daudet veulent réorganiser nos agapes. Mais p[ou]r cela, il nous faut notre g[ran]d Tourgueneff.

J'ai retiré de Cluny le *Sexe faible* qui est maintenant présenté au Gymnase. J'attends la réponse de Montigny.

Dites-moi donc ce que vous devenez.

Votre
Gve Flaubert.
Mercredi 3 h.

93 – Flaubert à Tourgueniev

Mon cher ami,

Cet été Mme Viardot et toute sa famille m'ont exprimé leur amour pour le cidre.

Donc, je me permets de leur en offrir une barrique qui vient de Croisset.

Émile, qui accompagne ladite liqueur, vous dira ce que vous devez en faire.

Comment allez-vous ? Moi ça ne va pas : je me sens malade, sans pouvoir accuser aucun organe, et je suis d'une tristesse à crever.

Je vous embrasse

G. Flaubert

94 – Flaubert à Tourgueniev

[Paris ?]
Jeudi [18 mars 1875 ?]

Je croyais que j'allais avoir de *vraies* nouvelles de mon vieux Tourgueneff, c'est-à-dire une gigantesque épître, en compensation de son silence prolongé depuis bientôt six mois. Mais non ! il m'oublie, ce n'est pas gentil.

Moi, je n'ai rien à lui dire. Ma vie est de moins en moins gaie. Elle est même abominablement triste, et je travaille comme trente-six millions de nègres.

Nonobstant, j'embrasse ledit vieux avec tendresse. Son

Gve Flaubert

95 – Flaubert à Tourgueniev

[Paris]
Lundi soir [22 mars 1875 ?]

Mon cher ami,

Je crois que demain je dîne chez Mme Commanville. Venez donc m'y prendre à 9 heures pour aller chez le père Hugo. Répondez-moi pour que je sache si je dois vous attendre. Non ! ce n'est pas la peine. Je vous attendrai jusqu'à 9 heures et demie.

Votre
Gve Flaubert

96 – Flaubert à Tourgueniev

[Paris, 12 avril 1875]

La chose aura lieu demain à 9 h. 1/4, quai Voltaire 3, chez Mr Leloir, peintre. C'est dans un atelier, tout en haut de la maison, dernier étage.

Venez *quand même*. J'ai vu la répétition. Ce sera superbe. Vous vous amuserez énormément.

À demain.

Votre
Gve Flaubert

97 – Flaubert à Tourgueniev

Croisset
samedi soir 3 juillet [1875]

Je suis fâché de vous savoir souffrant, mon bon cher vieux ! Quant à moi, ça ne va pas ! Ça ne va pas du tout ! *B. et P.* sont restés en plan. Je me suis lancé dans une entreprise absurde. Je m'en aperçois maintenant, & j'ai peur d'en rester là. Je crois que je suis *vuidé ?* & puis, p[ou]r vous dire la vérité, j'ai dans ce moment-ci les plus g[ran]ds chagrins (dans mon intérieur), des inquiétudes d'argent de la nature la plus grave. Ma pauvre tête est endolorie comme si on m'avait donné des coups de bâton ! Le présent n'est pas drôle, & l'avenir m'effraie.

Comme je suis incapable de tout travail, il est possible que j'aille, vers le milieu d'août, passer deux mois à Concarneau, dans la compagnie de G. Pouchet. Je ferai de la pisciculture & et je mangerai des homards !

J'aurais besoin de dormir pendant un an. Je suis harassé de l'existence ! Voilà le fait.

Dès que vous serez à Bougival, envoyez-moi un mot p[ou]r me dire comment vous avez supporté le voyage.

Ma nièce, qui est près de moi, vous fait ses amitiés.

Votre vieux
Gve Flaubert
vous embrasse.

98 – Flaubert à Tourgueniev

[Croisset]
30 juillet [1875]

Ma dernière lettre était « lugubre », dites-vous, cher ami. Mais j'ai lieu d'être lugubre, car il faut vous dire la vérité : mon neveu Commanville est *absolument* ruiné !

Et moi-même je vais me trouver très entamé ?

Ce qui me désespère là-dedans, c'est la position de ma pauvre nièce ! Mon cœur (paternel) souffre cruellement. Des jours bien tristes commencent : gêne d'argent, humiliation, existence bouleversée. C'est complet. – & ma cervelle est anéantie. Je me sens désormais incapable de quoi que ce soit. Je ne m'en relèverai pas, mon cher ami ! Je suis attaqué dans les moelles !

Quelles journées nous passons ! – Comme je ne veux pas que vous les partagiez, je remets à plus tard la visite que vous me promettez dans votre lettre d'hier. Nous ne pouvons pas vous recevoir maintenant ! – Et Dieu sait pourtant qu'une embrassade de mon vieux Tourgueneff me desserrerait le cœur !

Je ne sais pas encore si j'irai à Concarneau ? – En tout cas, ce ne sera pas avant un mois ou six semaines !

Depuis très longtemps je n'écris plus à Mme Sand. Eh bien, dites-lui que je pense à elle plus que jamais. Mais je n'ai pas la force de lui écrire.

Il va falloir rassembler nos épaves. Ce sera long. Que nous restera-t-il ? Pas g[ran]d-chose ! Voilà le plus clair. – J'espère p[ou]rtant pouvoir garder Croisset. – Mais les beaux jours sont finis, & je n'ai en perspective qu'une vieillesse lamentable.

Ce qui me rendrait le plus g[ran]d service, ce serait de crever. – Mon égoïsme est tel que je ne vous parle pas de vous ! Je m'en aperçois. Que n'ai-je vos maux ! & je ne souhaite les miens à personne.

Donnez-moi de vos nouvelles, et aimez toujours

Votre

Gve Flaubert

99 – Flaubert à Tourgueniev

[Croisset]
Mardi soir [10 août 1875]

Non, mon bon vieux ! *ne venez pas !* Ce serait trop triste p[ou]r vous & p[ou]r moi.

Je vous prie de dire à Mme Sand tout ce que vous savez.

La situation est complètement désespérée p[ou]r le moment, – & je ne vois pas que l'avenir soit beaucoup plus beau !

J'ai reçu un *coup mortel*. Reste à savoir combien de temps je vais être à en crever ?

Je vous embrasse avec toutes les forces qui me restent.

Votre
Gve Flaubert

100 – Flaubert à Tourgueniev

[Croisset, 12 septembre 1875]

Ne m'en voulez pas, mon cher ami, si j'ai été longtemps sans vous écrire. Ma vie est tellement *atroce* que je suis physiquement écrasé.

Demain je pars p[ou]r Deauville, où je vais vendre mon dernier lopin de terre. Grâce à cela, la faillite de mon neveu sera, je crois, évitée. – Puis, à la fin de la semaine, je serai à *Concarneau* & de là je vous enverrai de mes nouvelles.

Je pense bien à vous & vous embrasse.

Votre vieux
Gve Flaubert
Dimanche

101 – Flaubert à Tourgueniev

Concarneau (Finistère). Hôtel Sergent
Dimanche 3 octobre [1875]

Comment allez-vous, mon grand Tourgueneff ? Et comment va-t-on autour de vous ?

Moi, je me calme un peu. Ce n'est pas dire que je sois gai, mais mon chagrin est moins aigu ; et comme la faillite de mon pauvre neveu est définitivement évitée, j'ai le cœur moins serré. Reste à savoir comment nous allons vivre maintenant, et si je pourrai sauver quelques épaves de ma fortune. Malgré tous les raisonnements que je me suis faits et les résolutions que je veux prendre, je sens que je suis un homme fini, mon bon ! J'ai reçu sur la tête un coup violent qui m'a écrasé la cervelle, voilà la vérité.

J'ai abandonné *B. et P.* dont je ne pouvais plus me tirer (le reprendrai-je plus tard ? problème) ; et pour m'occuper à quelque chose, je vais tâcher d'écrire un petit conte, une légende qui se trouve peinte sur les vitraux de la cathédrale de Rouen.

Ce sera très court, une trentaine de pages tout au plus. Ça ne monte [pas] du tout le coco, mais c'est pour m'occuper et pour voir si je peux encore faire une phrase, – ce dont je doute.

Je me lève à neuf heures, je m'empiffre de homard, je fais la sieste sur mon lit, je me promène au bord de la mer, et je me couche à dix heures. Je ne lis rien. Je vis comme une huître. De temps à autre, mon compagnon, Georges Pouchet, dissèque devant moi un poisson ou un mollusque. Et puis c'est tout. Et je songe au passé, à mon enfance, à ma jeunesse, à tout ce qui ne reviendra plus. Je me roule dans une mélancolie sans bornes ; et le lendemain, ça recommence. Quand l'esprit ne se tourne plus naturellement vers l'avenir, on est devenu un vieux. C'est là que j'en suis.

En d'autres temps, le pays où je me trouve m'eût charmé. Mais le spectacle de la nature n'est pas si bon qu'on le dit pour les agités. Il ne fait que vous renfoncer dans la conviction de votre néant et de votre impuissance.

Je m'aperçois que ma lettre n'est pas folâtre. N'importe, elle vous prouvera que je pense à vous.

Comment va la santé ? Et cette goutte ? Vous devez être revenu à Paris, maintenant ? Écrivez-moi longuement. Vous me ferez plaisir.

Je vous embrasse.

Votre vieux démoli
Gve Flaubert

102 – Tourgueniev à Flaubert

Bougival
Les Frênes
Lundi, 11 oct[obre] 75

La vue de votre écriture, mon bon vieux Flaubert, m'a fait le plus grand plaisir – et la lecture de votre lettre encore plus : vous revenez sur l'eau – et vous faites – j'allais dire des plans littéraires !! – enfin, vous vous amusez à penser que vous allez travailler. – C'est bien – ça, et je suis sûr que vous nous donnerez *trente* pages.

Les Frênes
Vendredi, 15 oct. 75

J'en étais là de ma lettre, mon bon ami, quand quelque chose est venu l'interrompre – et voilà que je la retrouve dans mon buvard à ma grande surprise : je la croyais partie depuis longtemps. Je me traite de grand imbécile – et je reprends.

Je dis donc que je suis très content de l'idée des *trente* pages ! Je viens aussi de promettre à mon éditeur russe un récit de 30 pages – (2 feuilles d'impression) – pour le 26 novembre – dernière date ! – et je n'ai pas encore le premier mot dans la tête. – Mon grand roman étant un peu renvoyé aux calendes grecques – plus encore que *B. et P.* – mon éditeur me demande avec des cris d'aigle

143

quelque chose ! – et me voilà engagé. – Voyons qui de nous deux arrivera premier.

Hélas, oui ! Nous sommes vieux tous les deux – mon bon ami ; – c'est indiscutable – tâchons au moins de nous amuser comme des vieux. – À propos – avez-vous lu dans *La République Française* (du 10 et du 11) un feuilleton intitulé « Le suicide d'un enfant » – et signé : X ? – Cela m'a frappé. Il est évident que l'homme qui a écrit cela appartient à votre école ; s'il est jeune – il a de l'avenir. Tâchez de vous procurer cette chose et dites-moi votre avis.

Ici tout le monde va bien. – Moi, j'ai été assez violemment pincé par une cystite – c'est ainsi, je crois que cela s'appelle – une inflammation de la vessie ; j'ai eu deux vilaines nuits – je suis resté trois jours dans mon lit – enfin cela s'est à peu près dissipé. – Ce sont là de ces petits « memento » – de ces cartes de visite que Mme La Mort nous envoie, pour que nous ne l'oubliions pas.

Nous restons ici encore jusqu'au 1er novembre ; le temps est doux, gris, humide, – pas désagréable. – Je ne pourrai pas habiter ma nouvelle maison cette année-ci – mais j'y viens de temps en temps – j'y écris mes lettres, comme celle-ci p[ar] e[xemple]. – Il fait un bon feu dans la cheminée – et pourtant j'ai froid dans le dos.

Il y a eu aussi un bien joli feuilleton de Mme Sand dans *Le Temps* (écrit en 1829 ! quand elle avait 25 ans) – vous devez l'avoir lu. – Zola a fait dans sa revue russe un magnifique article sur les Goncourt. – Cela va faire traduire leurs romans.

Écrivez-moi la date – probable – de votre retour à Croisset. – Vous ne resterez plus longtemps au bord de la mer, j'imagine ? et vous viendrez à Paris, malgré tout ? Vos amis se proposent de se grouper autour de vous de façon à vous tenir chaud.

En attendant, faites mes meilleures amitiés à Mme Commanville. – Vous, je vous embrasse – et je suis

votre vieux fidèle
Iv. Tourguéneff

103 – Flaubert à Tourgueniev

[Concarneau]
Jeudi [21 octobre 1875]

Parbleu ! c'est vous qui aurez fini vos 30 pages avant que je ne sois à la dixième. Car, malgré mes résolutions & des efforts de volonté inouïs, je n'avance guère ! J'ai des rechutes de découragement, mon bon vieux ! des accès de fatigue, où il me semble que je vais crever. C'est la digestion de toutes les coupes d'amertume que j'ai avalées depuis six mois. Ah ! j'en ai eu ! – j'en ai eu ! Quant à l'avenir, je n'y veux pas penser (mais j'y pense). Peut-être sera-t-il moins mauvais que je crois ? En tout cas, on ne revient pas de si loin !

& au fond, je suis bien malade. J'espère parvenir à la décence, c'est-à-dire à ne pas être intolérable aux autres. Mais voilà tout.

J'ai lu, sur votre recommandation, *Le suicide d'un enfant* & je ne sais qu'en penser. Évidemment, c'est puissant, mais *l'écriture* est bien insuffisante. Quoique les touches énergiques soient accumulées, je trouve qu'on ne voit pas, nettement, les personnages. Le héros, le suicidé, est trop grotesque. L'auteur a oublié une chose capitale, à savoir la peur qu'un cadavre cause aux enfants. Tout cela n'empêche pas que cette petite œuvre ne soit très remarquable. Ça ressemble à du Zola.

Dans mes moments de désœuvrement, & ils sont nombreux (car la pluie étant fréquente il me faut passer des jours entiers dans ma chambre d'auberge, au coin de mon feu), je lis du Saint-Simon et relis les contes de M. de Voltaire, puis le *Siècle* et le *Temps* & le *Phare de la Loire* ; car ici on est radical & libre-penseur ! Je regarde mon compagnon disséquer des poissons. Tout cela me fait passer le temps, mais ne m'emplit point le cœur d'une joie délirante. – Ah ! qu'un peu de bonheur me ferait du bien !

Il y a p[ou]rtant des choses qui consolent. L'autre jour, à Quimper, on a condamné aux travaux forcés un particulier de Brest qui avait violé ses trois filles & son fils âgé de seize ans. Quel tempérament ! Ce n'est pas nous qui sommes capables de ces traits de santé.

Je m'en retournerai d'ici à Paris directement, dans le courant de la première semaine de novembre.

Ma nièce est installée dans notre nouveau logement (car maintenant je vais vivre avec elle) 240, rue du faubourg St-Honoré.

Donc, à bientôt, mon très cher vieux.

Votre G.F. qui vous embrasse.

104 – Flaubert à Tourgueniev

[Paris]
Samedi soir 9 h. [5 février 1876]

Mon cher ami,

Vous ne pouvez plus prétendre à la réputation d'un VIEUX MONSIEUR TRANQUILLE, mais bien au titre de JEUNE ÉTOURDI. Car vous m'aviez promis de m'envoyer ce matin un mot de votre illustre plume pour me dire si le dîner de lundi aurait lieu. Daudet attend de moi une réponse depuis mercredi. Pouvez-vous venir après-demain à ces fraternelles agapes ? Et dois-je compter sur vous demain ?

Votre vieux
Gve Flaubert

Si demain vous honorez mes salons, je vous ferai faire la connaissance d'une personne illustre et *farce*.

J'ai lu depuis hier *Flamarande* et *Les deux Frères*. J'en suis navré.

105 – Flaubert à Tourgueniev

[Paris]
Mardi soir [2 mai 1876]

Oh ! je ne suis pas bégueule ! Je ne me fais pas prier : j'accepte. Donc, à vendredi, entre 6 h 1/2 et 7, je serai au poste, mon bon cher vieux.

Pourquoi n'êtes-vous pas venu dimanche ? Notre hiver touche à sa fin. Il faut se voir plus souvent que ça.

Il y a au Salon deux ou trois tableaux vantés qui m'exaspèrent. Nous en causerons.

Je crois que Jeokhanan (traduisez : Saint-Jean-Baptiste) viendra. Mais il faut finir ma bonne femme, et à peine si je suis au tiers.

Adieu. À vendredi.

Votre
Gve Flaubert

106 – Flaubert à Tourgueniev

[Paris, 20 mai 1876]

Madame Brainne, 141 avenue Malakoff (porte Maillot) au premier au-dessus de l'entresol, aujourd'hui samedi à sept heures précises.

Mais, ô homme léger, je vous ai écrit tout cela moi-même dimanche dernier sur votre carnet de jeu.

Votre
G.F.

J'ai passé la nuit à lire le nouveau livre de Renan, qui m'a charmé.

107 – Tourgueniev à Flaubert

Spasskoïë
(Gouvernement d'Orel)
Ville de Mtsensk
Dimanche, 18 juin 1876

Mon cher ami,

Je suis depuis ce matin dans mon Patmos – et triste comme un bonnet de nuit. – (Avez-vous remarqué que c'est généralement le moment où l'on écrit à ses meilleurs amis ?) Il fait une chaleur de *32 degrés Réaumur* à l'ombre – et avec cela – grâce au froid de *9 degrés au-dessus de 0* qu'il a fait le 21 mai – toute la verdure du jardin est bariolée de petites feuilles mortes qui font vaguement penser à des cadavres de petits enfants – et mes vieux tilleuls donnent une ombre maigre et chétive qui fait peine à voir. – Ajoutez à cela que mon frère qui devait m'attendre pour arranger des affaires d'argent, très importantes pour moi, est parti pour Carlsbad il y a cinq jours ; que je crois que je vais avoir la goutte – (ce qui m'est arrivé à la même époque et au même endroit – il y a deux ans) ; que j'ai acquis la presque absolue certitude que mon intendant me pille – et que je ne pourrai pas m'en défaire – et voyez la situation ! La mort de Mme Sand m'a fait aussi beaucoup – beaucoup de chagrin. Je sais que vous êtes allé à Nohant pour l'enterrement – et moi qui voulais envoyer un télégramme de condoléance au nom du public russe, j'ai été retenu par une sorte de modestie ridicule, par la crainte du *Figaro*, de la réclame – des choses bêtes enfin. Le public russe a été un de ceux sur lequel Mme Sand a eu le plus d'influence – et il fallait le dire, pardieu – et j'en avais le droit – après tout. – Mais voilà !!

Pauvre chère Mme Sand ! – Elle nous aimait tous les deux – vous surtout – et c'était naturel. Quel cœur d'or elle avait ! Quelle absence de tout sentiment petit, mesquin, faux – quel brave homme c'était et quelle bonne femme ! – Maintenant tout cela est là, dans l'horrible trou, insatiable, muet, bête – et qui ne sait même pas ce qu'il dévore !

Allons ! – il n'y a rien à faire et tâchons d'avoir le menton au-dessus de l'eau.

Je vous écris à Croisset – je suppose que vous y êtes – vous êtes-vous remis au travail ? – Si je ne fais rien ici – c'est qu'alors c'est bien fini. – Il y a un silence ici, dont rien ne peut donner une idée ; – pas un voisin à vingt kilomètres à la ronde – tout est languissant d'immobilité. – La maison est misérable – mais pas trop chaude – et les meubles sont bons. Une table à écrire – admirable – et un fauteuil à double fond de jonc ! Par exemple – il y a un sopha dangereux – dès qu'on y est – on y dort. Je vais tâcher de l'éviter. – Je commencerai par l'achèvement de *Saint-Julien*.

Il y a devant moi dans un coin de la chambre une vieille image byzantine, toute noire, encadrée d'argent, rien qu'un immense visage lugubre et rigide – il m'ennuie un peu – mais je ne puis pas le faire ôter – mon domestique me prendrait pour un païen – et ici ça n'est pas chose à plaisanter.

Écrivez-moi deux mots un peu plus gais que ceux-ci. – Je vous embrasse et suis

votre vieil ami
Iv. Tourguéneff.

P.S. Savez-vous que le Circassien Hassan qui tue des ministres par paires, comme des perdreaux, m'inspire un certain respect ?

P.(P.)S. Mes meilleures amitiés à votre nièce et à son mari.

108 – Flaubert à Tourgueniev

Croisset
dimanche soir
25 juin [1876]

Comme j'ai sauté hier matin sur votre lettre, mon bon cher vieux, en reconnaissant votre écriture ! Car je commençais à m'ennuyer de vous fortement ! – Donc, après nous être embrassés, causons.

Je suis contrarié que vous le soyez à propos de vos affaires d'argent & de vos craintes sur votre santé. Espérons que vous vous trompez & que la goutte vous laissera tranquille.

La mort de la pauvre mère Sand m'a fait une peine infinie. – J'ai pleuré à son enterrement comme un veau, & par deux fois : la première en embrassant sa petite-fille Aurore (dont les yeux ce jour-là ressemblaient tellement aux siens que c'était comme une résurrection) – et la seconde, en voyant passer devant moi son cercueil. Il y a eu là de belles histoires. P[ou]r ne pas blesser « l'opinion publique », l'éternel & exécrable *on*, on l'a portée à l'église. Je vous donnerai les détails de cette bassesse. J'avais le cœur bien serré ! & j'ai eu positivement envie de tuer Mr Adrien Marx. Sa seule vue m'a empêché de dîner, le soir, à Châteauroux.

Oh ! la tyrannie du *Figaro !* Quelle peste publique ! J'étouffe de rage en songeant à ces cocos-là.

Mes compagnons de route, Renan & le prince Napoléon, ont été charmants, celui-là parfait de tact et de convenance, & il a vu clair, dès le début, mieux que nous deux.

Vous avez raison de regretter notre amie, car elle vous aimait beaucoup & ne parlait jamais de vous qu'en vous appelant « le bon Tourgueneff ». Mais p[ou]rquoi la plaindre ? Rien ne lui a manqué, – elle restera une très g[ran]de figure.

Les bonnes gens de la campagne pleuraient beaucoup autour de sa fosse. Dans ce petit cimetière de campagne, on avait de la boue jusqu'aux chevilles. Une pluie douce tombait. Son enterrement ressemblait à un chapitre d'un de ses livres.

Quarante-huit [heures] après, j'étais rentré dans mon Croisset où je me trouve *étonnamment bien !* Je jouis de la verdure, des arbres & du silence, d'une façon toute nouvelle ! Je me suis remis à l'eau froide (une hydrothérapie féroce), & je travaille comme un furieux.

Mon *Histoire d'un cœur simple* sera finie, sans doute, vers la fin d'août ? – Après quoi, j'entamerai *Hérodias !* Mais que c'est difficile ! Nom de Dieu, que c'est difficile ! Plus je vais & plus je m'en aperçois. – Il me semble que la Prose française peut arriver à une *beauté* dont on n'a pas l'idée ! Ne trouvez-vous pas que nos amis sont peu préoccupés de la Beauté ? & p[ou]rtant il n'y a dans le monde que cela d'important !

Eh bien, et vous ? Travaillez-vous ? & *S[ain]t-Julien* avance-t-il ? C'est bête comme tout, ce que je vais vous dire, mais *j'ai envie* de voir ça imprimé en russe ! sans compter qu'une traduction faite par vous « chatouille de mon cœur l'orgueilleuse faiblesse », seule ressemblance que j'aie avec Agamemnon.

Quand vous êtes parti de Paris, vous n'aviez pas lu le nouveau bouquin de Renan ? Il me paraît charmant. « Charmant » est le mot propre. « Êtes-vous de mon avis ? Du reste, depuis qu[in]ze jours, j'ignore absolument ce qui se passe dans le monde, n'ayant pas lu, une seule fois, le moindre journal. Fromentin m'a envoyé son livre sur *Les maîtres d'autrefois*. Comme je connais fort peu la peinture hollandaise, il manque p[ou]r moi de l'intérêt qu'il aura p[ou]r vous. C'est ingénieux, mais trop long, trop long ! Taine me paraît exercer une g[ran]de influence sur ledit Fromentin. – Ah ! j'oubliais ! le poète Mallarmé (l'auteur du *Faune*) m'a cadotté d'un livre qu'il édite : *Vathek*, conte oriental écrit, à la fin du siècle dernier, en langue française, par un Anglais. – C'est drôle.

J'entre en rêverie (& en désirs) quand je songe que cette feuille de papier va aller chez vous, dans votre maison – que je ne connaîtrai jamais ! – & je me dépite de n'avoir pas de votre entourage une idée nette.

Si vous avez chaud là-bas, ici il ne fait pas froid. Toute ma journée se passe, les jalousies closes, dans la compagnie exclusive de moi-même. Aux heures des repas, j'ai p[ou]r me distraire la vue de mon fidèle Émile & de mon lévrier.

Ma nièce, à qui je transmettrai votre bon souvenir, s'en va à la fin de ce mois aux Eaux-Bonnes avec son mari, & je ne bougerai d'ici qu'à la fin de 7bre p[ou]r assister à la Ire de Daudet. Mais à cette époque vous serez revenu depuis longtemps aux Frênes.

Vous apprendrez avec plaisir que les affaires de mon neveu ont l'air de prendre une bonne tournure. Il y a du moins un peu d'azur à l'horizon.

Oui, mon bon vieux, tâchons, en dépit de tout, de nous tenir le bec hors de l'eau. Soignez-vous bien, bonne pioche, & prompt retour.

Je vous embrasse tendrement & fortement.

Votre
Gve Flaubert

Écrivez-moi, hein ?

109 – Tourgueniev à Flaubert

I T
Spasskoïé
Gouv-t d'Orel
Ville de Mtsensk
Mardi <u>23 juin</u>
4 juillet 76

Mon bon vieux,

Je vous écris d'ici à Croisset – d'un Patmos à l'autre. – J'ai reçu hier votre lettre – et, vous voyez, je réponds sans tarder.

Oui, la vie de Mme Sand a été remplie – et cependant, en parlant d'elle – vous dites : la *pauvre* mère S[and] – cette épithète s'applique bien aux morts – car après tout – ils sont bien à plaindre, la mort étant une chose hideuse. – Je me rappelle les yeux de la petite Aurore : ils sont étonnants de profondeur et de bonté – et ils ressemblent en effet à ceux de la grand-mère. – Ils sont presque trop bons pour des yeux d'enfant.

Il paraît que Zola a écrit un long article sur Mme Sand dans sa revue russe, l'article est très beau – mais un peu dur, dit-on. Zola ne peut pas juger Mme S[and] d'une façon complète. Il y a trop de distance entre eux.

Je vous vois roulant des yeux féroces devant Mr Adrien Marx. Il faut une boue toute particulière pour faire pousser ces champignons-là.

Vous travaillez à Croisset. – Eh bien, je vais vous étonner – jamais je n'ai travaillé comme je le fais depuis que je suis ici. – Je passe des nuits blanches, courbé sur mon bureau ! Je suis repris par l'illusion qui fait croire qu'on peut dire – non pas autre chose que ce qui a jamais été dit – (ça – ça m'est indifférent) – mais autrement ! – Et remarquez qu'avec cela je suis accablé de besogne, d'affaires d'argent, d'administration, de fermage, que sais-je ! – (À ce propos, je puis vous dire que tout n'est pas aussi mauvais que je l'avais cru au premier moment – et par parenthèse je suis enchanté de savoir qu'il y a un peu d'azur dans les affaires de votre neveu.) Mais *St Julien* souffre de cette exubérance d'activité ; mon diable de roman s'est emparé de moi d'une façon envahissante. – Malgré tout, vous pouvez être tranquille : la traduction est déjà promise au n° d'octobre du *Messager de l'Europe* ; elle y paraîtra – ou je serai mort.

Je n'ai pas lu les articles de Fromentin, je n'ai pas lu le livre de Renan : je ne puis rien lire à présent – si ce n'est le journal que je reçois ici, qui me parle des affaires d'Orient, et qui me fait rêver. – Je crois que c'est le commencement de la fin ! – Mais que de têtes coupées, de femmes, de filles, d'enfants violés, éventrés d'ici là ! – Je crois aussi que nous (je parle des Russes) – nous ne pourrons pas éviter la guerre.

Vous voudriez connaître l'aspect de mon habitation ? – C'est bien laid – tenez – voici quelque chose d'approchant :

Je ne sais si vous compreniez bien : c'est une maison en bois, très vieille, recouverte de planches – peinte à la détrempe d'une couleur lilas clair ; il y a une vérandah devant avec du lierre qui grimpe ; les deux toits (a et b) sont en fer et peints en *vert* ; le haut est inhabitable et les fenêtres sont clouées. – Cette maisonnette est tout ce qui reste d'une vaste habitation en fer à cheval – ainsi :

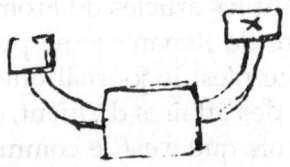

qui a été brûlée en 1840 ; le x – c'est la maison que j'habite. – Hier soir, avec votre lettre dans ma poche, j'étais assis sur le perron de ma vérandah [*sic*] – et devant moi une soixantaine de paysannes, presque toutes vêtues en rouge et fort laides – (une seule exceptée : une nouvelle mariée de *16* ans qui venait d'avoir les fièvres – et ressemblait d'une façon surprenante à la Vierge de St Sixte à Dresde) – dansaient comme des marmottes ou des ourses – et chantaient avec des voix très âpres et dures – mais justes. C'était une petite fête qu'elles m'avaient demandé d'organiser – ce qui était du reste très facile : deux seaux d'eau-de-vie – des gâteaux et des noisettes – et voilà. – Elles se trémoussaient, je les regardais faire et me sentais horriblement triste.

La petite Vierge de St Sixte se nomme Marie, comme de juste.

En voilà assez. – Je vous écrirai encore avant de partir d'ici. En Attendant, je vous embrasse bien fort.

Votre vieux

J. Tourguéneff

P.S. Je trouve que comme couleur de paysage – tout est pâle ici – le ciel, la verdure, la terre – une pâleur assez chaude et dorée – ce ne serait que joli, si les grandes lignes, les grands espaces uniformes n'y mettaient de la grandeur.

N.B. (C'est par hasard que j'écris sur ce papier de petit crevé)

Bougival
Les Frênes
Mardi, 8 août 76

Mon cher ami, je suis ici depuis deux jours après un voyage à bride abattue à travers la Russie, l'Allemagne, etc. – Votre lettre m'a fait un très grand plaisir – vous vous portez bien et vous travaillez. – Moi aussi – je me porte bien et j'ai travaillé – car – chose incroyable ! – j'ai *achevé* mon grand diable de roman – et je vais me remettre à travailler – car il faut que je le copie, et qu'il soit prêt dans deux mois, ce qui ne sera pas facile. – Vous savez ce que c'est que de copier. (Il y a des pages où il ne reste pas une ligne.) J'ai vu beaucoup de choses et d'hommes, comme Ulysse, et j'ai retrouvé tout mon monde en bonne santé. – J'ai flanqué à la porte un intendant qui m'a volé quelque chose comme 130 000 francs – une partie assez notable de ma fortune. – Pourquoi ai-je été bête ? Je me suis laissé aller par paresse à une confiance aveugle, quoique je sentisse (faut-il dire : sentisse ?) fort bien, en regardant cette face doucereuse et barbue, qu'elle appartenait à un coquin. – Enfin, tant pis, et qu'il digère mon argent !

J'ai bien l'intention de m'arracher à ma copie pour 2 ou 3 jours (vers le 25 de ce mois) – et aller à Croisset vous entendre lire le « Perroquet ». – De front avec la copie, je mènerai l'achèvement de la traduction de *St Julien*, car elle doit paraître en Russie le 1er *novembre*.

Je viens de lire l'article de ce monsieur sur Renan : c'est ignoble. Toute cette *République des Lettres* pue l'affectation et je ne sais quoi de faux et de bas.

Zola m'a écrit. Il va bien et retourne à Paris vers la mi-septembre.

Mon chalet me plaît ; il me plaira davantage quand il aura perdu son odeur de nouveau meuble. Le temps qu'il fait est trop beau. – Le vert des arbres devant ma fenêtre a des splendeurs veloutées et dorées. C'est très joli.

Quand vous écrirez à votre nièce, dites-lui mille choses de ma part. Et au revoir dans un peu plus de quinze jours.

Votre vieux
Iv. Tourguéneff

111 – Flaubert à Tourgueniev

[Croisset, 17 août 1876]

Eh bien ! moi aussi, *j'ai fini !!!* et présentement je recopie, ce qui n'est pas une g[ran]de besogne, car l'œuvre est courte.

Donc, mon cher bon vieux, IL FAUT que vous veniez entendre ça, au plus vite. – & si la chose vous agrée, il me serait, derechef, agréable qu'elle parût dans une revue russe, afin de toucher un peu d'argent. (Qu'elle soit plus ou moins bien traduite, peu m'importe.) Enfin nous causerons de tout cela, pas plus tard que dans huit jours, n'est-ce pas ? J'attends votre visite comme la Terre altérée. – Quelle chaleur ! Saprelotte !

Il me semble que nous avons bien des choses à nous dire ?

Dans deux ou trois [jours], j'attends de vous un mot me disant : « j'arrive ».

Amitiés aux autres

& à vous une forte embrassade

de votre
Gve Flaubert.
Jeudi

112 – Tourgueniev à Flaubert

T
BOUGIVAL
LES FRÊNES
Chalet
Mercredi, 23 août 76

Mon cher ami,

Je ne vous ai pas répondu sur-le-champ, parce que je voulais pouvoir vous fixer dès à présent le jour de mon arrivée à Croisset – et ce n'était pas facile – mais voilà que je reçois votre télégramme – et je me vois obligé de vous dire que je ne *puis* pas venir avant le *10 septembre* ; – mais alors *pour sûr*. – Je suis enchanté que vous ayez fini votre travail – si je trouve que *pour commencer* il vaut mieux que *St Julien* dans une revue *russe* – je m'y mettrai, quoique l'autre soit à peu près terminé. Vous savez que nous avons encore de la marge jusqu'au 1er nov[em]bre.

Je suis dans la copie jusque par-dessus la tête – et cette besogne m'ennuie.

Du reste, je vais bien – mais je me sens envahi par je ne sais quel brouillard vieux, qui est fort désagréable.

Ainsi, mon ami – au *10*, sans faute !

Je vous embrasse.

Votre
Iv. Tourguéneff

113 – Flaubert à Tourgueniev

[Croisset]
Jeudi soir 24 [août 1876]
Anniversaire de la S[aint]t-Barthélemy

Mon bon cher vieux,

Je ne vous attends pas le 10 7bre, parce que je ne serai pas à Croisset, à ce moment-là. Mais si vous voulez reculer votre visite de 8 jours, avec quelle joye je la recevrai !

Je vais faire une petite absence, ou plutôt deux ou trois petites absences, dont une à S[ain]t-Gratien.

Mais je n'admets pas, mon cher ami, que vous soyez désormais mon traducteur-juré ! Une fois, ça m'honore, mais la récidive me chagrinerait.

Il ne manque pas de gens en Russie qui peuvent me traduire tant bien que mal, témoin ceux qui translatent les correspondances de Zola. Nous en causerons.

À bientôt.

Je vous embrasse.

Votre vieux
Gve Flaubert

Je vous écrirai p[ou]r vous dire où je suis.

114 – Flaubert à Tourgueniev

[Saint-Gratien, 6 septembre 1876 ?]

Mon bon vieux,

Voulez-vous vous trouver vendredi prochain, à 7 heures, dans le passage de l'Opéra, galerie de l'Horloge ? (Ladite galerie de l'Horloge est celle où se trouvent les lieux d'aisance !)

Je serai chez moi vers 3 h[eures], en revenant de S[ain]t-Gratien. Je ferai deux ou trois courses. J'irai prendre un bain rue S[ainit-Arnaud. Puis je me ferai « accommoder » chez Goubert, coiffeur de l'Opéra. Après quoi, nous dînerons & passerons la soirée ensemble. C'est convenu, n'est-ce pas ?

Tout à vous

Gve Flaubert
Mercredi

115 – Flaubert à Tourgueniev

[Paris, 9 septembre 1876]

Mon cher ami,

Peut-on compter sur vous ?

Nous avons peur que vous ne soyez malade ?

En tout cas (& à cause de Charpentier), notre dîner aura lieu demain. – On se réunit chez moi à 4 h. 1/2 p[ou]r entendre *Le cœur simple*. – Après quoi, nous irons au restaurant de l'Opéra-Comique.

Tâchez d'y venir.

Tout à vous.

Gve Flaubert

Vous recevrez de la princesse Mathilde une invitation à dîner p[ou]r mercredi.

J'ai été bien embêté de ne pas vous voir hier.

116 – Flaubert à Tourgueniev

Mon cher ami,

Daudet m'a confié hier que sa Ire n'aurait pas lieu avant lundi, bien qu'elle soit annoncée p[ou]r samedi.

C'est samedi à 1 h. qu'aura lieu la répétition générale. Si vous tenez à y venir, vous n'aurez qu'à vous nommer, je serai au théâtre à 1 heure précise. *S.v.p.* un mot p[ou]r nous dire si nous devons compter sur vous.

À partir de lundi matin je serai libre ; et mardi, nous filerons de compagnie vers le pays qui m'a donné le jour. – Le train express de 1 h. moins cinq me paraît le plus commode.

Tâchez de venir samedi au Vaudeville ! – où nous nous donnerons rendez-vous p[ou]r lundi.

Votre vieux qui vous embrasse.

Gve Flaubert

117 – Flaubert à Tourgueniev

[Paris]
Jeudi 2 heures [14 septembre 1876 ?]

Convenu ! À *mardi* ! Ne manquez pas, ou sinon je crève.

En attendant ce grand plaisir, mon pauvre vieux, je vous embrasse.

Gve Flaubert

118 – Tourgueniev à Flaubert

T
BOUGIVAL
LES FRÊNES
Chalet
Dimanche, 23 sept. 76

Mon vieux féroce !

Je suis revenu ici sans encombre ; je n'ai pas eu le temps de voir Magny – mais j'ai vu Pellé. – Je lui ai soumis la question en litige ; il m'a répondu :

« On le fait, et même souvent – mais ce n'est pas dans les règles de la bonne cuisine ! »

Le résultat de ceci est que je vous dois 6 bouteilles de champagne ; mais si je n'ai pas la victoire *matérielle*, je l'ai – *morale !!*

Je me suis remis à ma copie – ce soir je relirai pour la 2-de fois le *Cœur simple*.

Mille amitiés à tout Croisset – j'espère que votre nièce va se relever bientôt – et je vous embrasse.

Celui qui mange le poulet rôti *chaud*, sans moutarde.

J.T.

119 – Flaubert à Tourgueniev

[Croisset]
Mercredi [27 septembre 1876]

Homme entêté,

Eh bien ? Êtes-vous assez… Mais non ! Je veux vous accabler de ma clémence.

Ne trouvez-vous pas que nous aurions pu causer d'autre chose pendant la dernière heure ? Mais vous *y* teniez & vous reveniez là-dessus sans cesse ! Enfin, n'en parlons plus ! – C'est une heure de plus que vous *me devez*, être fugace, individu qu'on ne peut avoir chez soi.

Rien de neuf depuis votre départ. Ma nièce est toujours étendue sur son divan. La pluie tombe, & je viens de finir mes notes sur Flavius Josèphe, lequel était un joli bourgeois. Voilà.

Ce conte d'*Hérodias* me cause une venette abominable. Le plan s'en éclaircit, un peu, mais rien qu'un [peu].

Raoul Duval, de qui j'ai reçu une lettre ce matin, & qui vous croit encore chez moi (ah bien oui !), me charge de vous rappeler à son souvenir.

Ne vous embêtez pas à traduire le *Cœur simple*. Trouvez q[uel]qu'un p[ou]r cette besogne, que je suis honteux de vous voir remplir (bien qu'au fond très flatté).

Quand reviendrez-vous, maintenant ? Quand se reverra-t-on ?

Tenez-vous en joye et pensez q[uel]q[ue]fois à moi.

Votre vieux qui vous embrasse
Gve Flaubert

120 – Tourgueniev à Flaubert

T
BOUGIVAL
LES FRÊNES
Chalet
(Seine-et-Oise)
Mercredi, 25 oct. 76

Je vous écris un mercredi – et votre lettre est datée d'un mercredi – mais combien de semaines se sont passées ? Deux, trois, cent, mille – je n'en sais rien ! Qu'ai-je fait pendant tout ce temps-ci ? Rien – et je n'en sais rien. Les jours ont fui comme de l'eau, comme du sable. Et vous, avez-vous travaillé ? – Comment va Mme Commanville ? Elle est levée depuis longtemps, je l'espère ! Quand venez-vous à Paris ? – Nous restons ici encore une dizaine de jours. Le ciel a été gris tout ce temps-ci. Je n'ai rien lu. – Ah, si fait ! J'ai lu le deuxième chant du *Don Juan* de Lord Byron – et ça a été une trace lumineuse à travers toute cette grisaille.

Il y a eu deux ou trois soirées de belle musique.

J'ai eu pendant une nuit une attaque de colique néphrétique. J'ai cru que j'allais crever.

Et voilà !

Écrivez-moi deux mots et dites mille choses aimables à Mr et Mme Commanville.

Je me sens hébété – mais cela ne m'empêche pas de vous embrasser.

Votre
Iv. Tourguéneff

121 – Flaubert à Tourgueniev

Croisset
samedi 28 [octobre 1876]

Je commençais à m'ennuyer de vous, mon bon cher vieux. J'avais peur que vous ne fussiez malade.

Quant à moi, ça se boulotte. Sauf vingt-quatre heures passées au Vaudreuil chez R[aoul] Duval, à la fin de la semaine dernière, je n'ai pas bougé d'ici depuis votre départ. – Mes notes pour *Hérodias* sont prises, & je travaille mon plan. Car je me suis embarqué dans une petite œuvre qui n'est pas commode, à cause des explications dont le lecteur français a besoin. Faire clair & vif avec des éléments aussi complexes offre des difficultés *gigantesques*. Mais s'il n'y avait pas de difficultés, où serait l'amusement ?

Lisez-vous les feuilletons dramatiques du bon Zola ? Je vous recommande, comme chose curieuse, celui de dimanche dernier. Il me paraît avoir des théories étroites, & elles finissent par m'irriter.

Quant au succès, je crois qu'il se coule avec *L'Assommoir* ? Le public, qui venait enfin à lui, s'en écartera – & n'y reviendra plus. Voilà où mène la rage des partis-pris, [*sic*] des systèmes ! Qu'on fasse parler les voyous en voyous, très bien ! mais pourquoi l'auteur prendrait-il leur langage ? & il croit ça *fort*, sans s'apercevoir qu'il atténue, par ce chic, l'effet même qu'il veut produire.

Pour aller plus vite en besogne, j'ai bien envie de rester à Croisset très tard, jusqu'au jour de l'an – peut-être jusqu'à la fin de janvier ? De cette façon, j'aurais peut-être fini à la fin de février. Car si je veux publier un volume au commencement de mai, il faudrait 1° que j'aie fini *Hérodias* promptement, p[ou]r que la traduction pût paraître chez vous en avril. – Que devient celle du *Cœur simple* ? & *Saint-Julien*, quand le verrai-je ?

Ma nièce est remise sur pied – & me charge, comme son mari, de vous envoyer toutes ses amitiés.

Le jeune Guy de Maupassant a publié dans *La Rép[ublique] des Lettres* une étude sur moi qui me rend honteux. C'est un vrai article de Séide, mais il y a une gentille ligne sur nous deux à la fin.

On vous donnera cet hiver une représentation de la fameuse pièce & il s'en prépare une autre – encore plus forte ! – rien que des hommes !

Que vous dirais-je encore ? Rien du tout, si ce n'est que je vous aime, mon cher grand ! mais cela, vous le savez.

Je vous embrasse.

Votre vieux
Gve Flaubert

Et cette néphrite ? Est-ce une forme de votre goutte ? ou un agrément nouveau ? Non, n'est-ce pas ? Soignez-vous bien.

J'espère me mettre à écrire dans une huitaine de jours. Présentement *j'ai une venette abominable*, une peur à faire dire des neuvaines ! – pour la réussite de l'entreprise.

122 – Tourgueniev à Flaubert

Bougival
Les Frênes
Mercredi, 8 nov. 76

Mon cher ami,

Je suis dans toutes les angoisses de l'emballage – nous allons après-demain à Paris ; – une fois installé là – je vous écrirai plus longuement.

Le *Messager de l'Europe* m'a fait savoir qu'il ne pouvait pas faire passer *St Julien avec* mon nom *avant* mon roman – vu qu'il y a une promesse de ne rien publier de moi, ou de signé par moi, avant cette machine. – Mais comme le roman passe dans le n° de janvier, *St Julien* passera en février – avant la publication en France.

Je crois avoir trouvé un bon traducteur pour le *Cœur simple*.

Je suis enchanté que Mme Commanville soit rétablie. Dites-lui mille choses de ma part.

Quant aux difficultés *gigantesques* d'*Hérodiade* – j'y *crois* – mais je suis sûr que vous finirez par les vaincre.

Je n'ai pas lu les feuilletons de Zola – mais j'ai lu la première partie de *l'Assommoir*. – Diable ! diable !... Nous en parlerons.

Je vais vous écrire dans deux ou trois jours, dès que je serai établi dans Paris.

Ma colique néphrétique n'a été qu'un accident – fort désagréable par exemple – et depuis je vais pas mal.

À bientôt – je vous embrasse.

Votre

J. Tourguéneff

123 – Tourgueniev à Flaubert

I T [initiales entrelacées]
50, RUE DE DOUAI
PARIS
Samedi, 2 déc. 76
Samedi, 9 déc. 76

Mon cher vieux,

Il y a juste une semaine je prenais cette feuille de papier pour vous écrire ; et je n'ai pas écrit un mot. Je suis dans une vilaine disposition d'esprit ; je me sens vieux, gris, terne, inutile – et bête. J'ai eu une attaque de goutte ; mais celle-là aussi a avorté. – Je corrige les épreuves de mon roman qu'on m'envoie de Pétersbourg – et je le trouve plat, insignifiant. – Je ne vois presque personne ; je trouve que vous restez beaucoup trop longtemps hors de Paris ; si j'avais pu causer avec vous – tout ça se serait arrangé, – mais il faudrait écrire trop longuement – 1°) c'est fatigant ; 2°) il faut *tout* dire sur le papier – même ce qui s'entend de soi-même. Nous avons eu un dîner avec Zola et Goncourt ; Daudet n'a pas pu venir. – On vous a regretté ; Mr Pellé nous a donné un abominable dîner ; il ne faut plus y retourner. Voyons – quand vous reverra-t-on à Paris ? Le travail avance-t-il ? Comment va la santé ? – Goncourt nous a lu un fragment de son roman – d'une voix coupée par l'émotion. Cela m'a semblé étrange – de voir un homme à cheveux gris avoir cette émotion-là. – Ce qu'il nous a lu m'a semblé bien – mais un peu trop sommaire. J'ai mis le nez dans l'*Assommoir* ; je n'en suis pas enchanté (ceci entre nous, strictement). Il y a bien du talent – mais c'est lourd – et on remue trop le pot de chambre.

Décidément, quand revenez-vous ? Faites-le-moi savoir sans tarder : – ne m'imitez pas.

Et que dites-vous du beau gâchis dans lequel on patauge ici ?

Nous aurons bien certainement la guerre – « quoiqu'on die ». – J'espère avoir un revenu de 10 000 roubles (pour toute l'année 1877).

— Dans les bons temps ça ferait 35 000 fr. Dans les temps médiocres – 30 000 ; dans les mauvais – 25 000. Et il faut compter sur 25 000 – pas davantage. Comme j'ai pour plus de 10 000 fr. de charges – et autant de dettes – il ne restera pas gros. Patience !

Faites mes meilleures amitiés à votre nièce et à son mari. – Je suis une poire molle – un vieux chiffon – mais je vous aime bien et je vous embrasse.

Au revoir !

J. Tourguéneff

124 – Flaubert à Tourgueniev

[Croisset]
Jeudi 14 décembre [1876]

Je ne savais plus que penser de votre silence, mon bon vieux, et j'avais prié ma nièce, qui est à Paris depuis quelque temps, d'aller voir chez vous si *mon* Tourgueneff n'était pas mort.

Vous me paraissez veule et triste. Pourquoi ? Est-ce la question d'argent ? Eh bien, et moi donc ! Je n'en travaille pas moins, et même plus que jamais. Si je continue de ce train-là, j'aurai fini *Hérodias* à la fin de février. Au jour de l'an, j'espère être à la moitié. Que sera-ce ? Je l'ignore. En tout cas, ça se présente sous les apparences d'un fort gueuloir ; car en somme, il n'y a que *ça* : la Gueulade, l'Emphase, l'Hyperbole. Soyons échevelés !

J'ai lu comme vous quelques fragments de *l'Assommoir*. Ils m'ont déplu. Zola devient une précieuse, *à l'inverse*. Il croit qu'il y a des mots énergiques, comme Cathos et Madelon croyaient qu'il en existait de nobles. Le *système* l'égare. Il a des *principes* qui lui rétrécissent la cervelle. Lisez ses feuilletons du lundi, vous verrez comme il croit avoir découvert le « Naturalisme » ! Quant à la poésie & au style, qui sont les deux éléments éternels, jamais il n'en parle. De même, interrogez notre ami Goncourt. S'il est franc, il vous avouera que la littérature française n'existait pas avant

Balzac ! Voilà où mènent l'abus de l'esprit et la peur de tomber dans les poncifs.

Avez-vous lu, dans le numéro de Xbre de la feuille bulozienne, un article de Renan que je trouve incomparable comme originalité & hauteur morale ? De plus, dans le même numéro, un bavardage du citoyen Montégut, où, tout en niant absolument mes livres (sans même parler de *Salammbô*) il me compare à Molière et à Cervantès. Je ne suis pas modeste, mais bien que seul & « dans le silence du cabinet », j'en ai rougi de honte. On n'est pas d'une bêtise plus dégoûtante.

Du reste, je ne lis *aucun* journal. C'est dimanche dernier que j'ai appris, par hasard, le changement de ministère, ce dont je me fous absolument d'ailleurs. Quant à la guerre, je souhaite 1° l'entier anéantissement de la Turquie et 2° que le contrecoup ne nous atteigne pas, nous Français.

Le refus de la Prusse de participer à l'Exposition me paraît une piètre idée. Petit ! petit !

N.B. Maintenant, mon bon, répondez-moi nettement. Mes trois contes peuvent-ils avoir paru en russe au mois d'avril prochain (*Hérodias* peut être finie en février) ? Dans ce cas-là, il me serait possible de les publier en volume au commencement de mai. La pénurie où je me trouve me fait désirer cela *fortement*. D'autre façon, je suis rejeté à l'hiver, ce qui me contrarierait.

Pour aller plus vite, il est bien probable que je vais rester ici jusqu'à la fin de janvier. Mais

quel festival quand je reviendrai près de vous !
Il me tarde d'y être.

Allons, secouez votre paresse ! Écrivez-moi !
Je suis vertueux et mérite des égards.

Votre G.F.
vous embrasse tendrement.

Quelle histoire que celle du sieur de Germiny
arrêté comme boulgre. Voilà de ces anecdotes
qui consolent et aident à supporter l'existence.

125 – Tourgueniev à Flaubert

I T (initiales entrelacées)
50, RUE DE DOUAI
PARIS
Mardi, 19 déc. 76

Mon cher vieux,

Je reviens d'un vertueux voyage de famille
– qui m'a pris trois jours – et où je me suis pas
mal ennuyé. Et voici que je réponds à votre lettre.
Epuisons d'abord la question des trois contes.

Le *St Julien* est traduit, se trouve ès mains de
l'éditeur – et sera payé au taux habituel pour
moi – c'[est] – à-d[ire] qu'il vous reviendra
300 r[oubles] (le rouble varie entre 2 fr. 85 c. et
3 fr. 30) par feuille d'impression (16 pages).
– Mais voilà le hic. – J'ai dû formellement promettre à mon éditeur et au public (dans une

note que j'ai eu la bêtise de laisser publier) – de ne rien *faire paraître* avec mon nom *avant* mon grand diable de roman. – Je l'ai achevé, ce roman – et je l'ai expédié à St-Pétersbourg – et on l'imprime en ce moment ; seulement mon serpent d'éditeur, au lieu de l'imprimer en bloc (ce qu'il m'avait formellement promis) le coupe en deux – de façon qu'il paraîtra dans les deux livraisons du 1/13 janvier et du 1/13 février – et il m'a si bien entortillé que (en ma qualité de poire molle) j'ai donné mon consentement à cette mutilation – ce qui rejette le malheureux *Julien* au mois de mars – 1/13. Il faudrait donc que les deux autres contes fussent publiés dans la livraison du 1/13 avril ; dans tous les cas le *Cœur simple ne doit pas être publié tout seul.* – Ce n'est pas impossible, d'après ce que vous m'écrivez. J'ai donné le *Cœur simple* à une demoiselle de lettres russe qui manie très bien la langue (elle est ici à Paris) – et si elle se tire de la chose à son honneur, je pourrais lui confier aussi *Hérodiade.* – Naturellement je reverrai la traduction avec le plus grand soin – je la recopierai s'il le faut – car il est nécessaire que mon nom y soit ! On dirait sans cela : – puisqu'il a traduit le premier conte, pourquoi ne traduit-il pas les autres ? Ils sont donc moins bons ? Ce n'est que comme cela que nous pourrons avoir un bon payement. – Mais – autre embarras ! Je pars pour Pétersbourg (ceci entre nous) le *15 février* pour y rester un mois. Il est probable que d'ici là vous ne serez pas prêt – ou, si vous l'êtes, je ne pourrai qu'emporter l'original, sans avoir le temps de faire faire une traduction ; ou bien alors il faudrait que je trouvasse quelqu'un à Pétersbourg – ce qui n'est pas impossible. – *Résultat final* : tâchez de finir *Hérodiade* dans les premiers jours de février.

— Et alors nous verrons !

Quant aux autres points traités dans votre lettre, je répondrai en style lapidaire – car je ne veux pas dépasser la page.

1°) Prière pressante d'accélérer votre retour – car vous me manquez singulièrement.

2°) Sur Zola – nous sommes d'accord. – (N.B. Vendredi a lieu notre dîner au restaurant de l'Opéra Comique. Pellé est un porc.)

3°) Renan. – Son article est très intéressant – personnellement ; mais quel manque de couleur et de vie ! Je ne *vois* rien : ni la Bretagne, ni tous ses saints, ni sa mère, ni ses petites filles qui sont cause de ce que son premier amour se « bifurque » – ni lui-même ! Et pourquoi dit-il que *Dieu* lui a donné une fille ?

4°) Je n'ai pas lu Mr Montégut – car il me dégoûte. – Il n'y aura probablement pas de guerre – vous y êtes indirectement intéressé – car elle influe diablement sur le cours du rouble ; – le changement de ministère m'a laissé froid. Germiny est pyramidal ! Voilà qui ferait croire à l'existence d'un Dieu personnel, ironique et goguenard !

J'ai eu la visite de Mme Commanville ; j'en ai été très charmé et très flatté ; – je lui ai trouvé une mine superbe.

Et maintenant je vous embrasse.

Votre
I. T.

126 – Flaubert à Tourgueniev

[Croisset]
Dimanche soir [24 décembre 1876]

Ouf ! je viens de faire une séance de pioche qui a duré *10 heures d'affilée*. – Aussi, p[ou]r prendre l'air, vais-je aller tout à l'heure à la messe de minuit au couvent de S[ain]te-Barbe, chez les Religieuses. Voyons ! mon bon, suis-je assez romantique !

Mais la présente (style commercial) n'est que p[ou]r vous remercier relativement aux traductions. Vraiment, si je pouvais faire paraître au printemps ce volume, après l'avoir publié en feuilleton 1° en Russie et 2° dans les journaux de Paris, ça m'obligerait grandement.

Si vous ne partez qu'à la fin de février, tout sera prêt – ou peu s'en faut, très peu. En tout cas, il serait encore temps le 13 mai (!), puisque j'ai le droit, n'est-ce pas, de publier ailleurs, & comme bon me semble, immédiatement après. – Mais si c'était au-delà, il faudrait attendre jusqu'à l'hiver.

Avec un travail aussi *phrénétique* [*sic*] (d'autant que je ne lâche nullement la façon), vous pensez bien que je ne serai pas à Paris avant la fin de janvier ou même les premiers jours du mois suivant.

Germiny continue à me plonger dans une immense joie. N'éprouvez-vous pas toutes les délices de la vengeance quand il survient de pareilles histoires à un môssieu officiel ? Les rayons de la gloire céleste se mêlant aux plis de l'anus, la toge du tribunal par-dessus les latrines. Et le bijoutier ! quel joyau ! & les grincements de dents dans les sacristies !... Voilà un sujet de pièce ! Faisons-la !

Comme étant notre Ancien, il faut que vous l'imposiez à Guy. Je la sens.

Là-dessus, je vous embrasse en vous souhaitant une bonne année. & à vous, votre vieux

Gve Flaubert

127 – Tourgueniev à Flaubert

Paris
50, rue de Douai
Ce 2 janv. 77

Mon cher ami,

Sur la page suivante vous trouverez un morceau de poésie dicté par un maître d'école à sa classe (à l'occasion du Nouvel an) – que le fils de notre concierge – un garçon de *8* ans – vient d'offrir à ses parents. La mère (qui, par parenthèse, ne sait pas lire) est venue montrer cette belle chose à Mme Viardot – (elle en était fière – et avait la larme à l'œil) – et moi, je me suis hâté de copier ce pur chef-d'œuvre pour vous l'envoyer. Sondez, si vous pouvez, les profondeurs de cette âme de pion, dissous dans la rhétorique !

Je suis pris au genou gauche par une attaque de goutte ; j'espère que cela ne sera rien – mais pour le moment je ne puis pas bouger.

Et vous – vous travaillez toujours bien ? – La santé est bonne ?

Je vous embrasse affectueusement.

Iv. Tourguéneff

I T

Chers parents !

Un Nouvel an commence sa carrière
Et vous savez les vœux que mon cœur peut former.
Il en est un surtout que l'amour nous suggère :
C'est de vous voir toujours m'aimer
Autant que je cherche à vous plaire !
Jaloux du bonheur des amants
Le temps s'amuse à détruire leur chaîne ;
Ce nœud, qui leur fut cher, les fatigue et les gêne ;
Le vent emporte leurs serments –
Et pour l'amante infortunée
Le plus souvent la bonne année
Est celle qui vient de finir !

Mais la tendresse filiale
N'est point sujette au repentir :
Toujours vive, toujours égale,
Le temps ne peut arrêter ses progrès
Semblable aux feux de la Vestale,
Son ardeur ne s'éteint jamais !

128 – Flaubert à Tourgueniev

[Croisset]
Jeudi 3 h.
[4 janvier 1877]

Merci de votre morceau de poésie, mon bon Tourgueneff. Il est *chouette !*

Guérissez votre genou.

Je travaille le plus que je peux pour avoir fini le 15 février, – ce qui me paraît bien difficile. Que de mal me « fouts-je ! »

Respects et amitiés chez vous.

Votre
Gve Flaubert
vous embrasse tendrement.

Croisset, mardi
16 janvier [1877]

Mon cher vieux,

Comment va la goutte ?

Ma nièce m'a écrit que vous lui sembliez Monrose !

Est-ce le résultat de vos affaires d'argent ? Goncourt me dit que les siennes vont très mal. Les miennes ne prennent pas non plus une belle tournure.

Je me demande si dans q[uel]q[ue] temps il sera possible de vivre sans s'occuper d'argent, sans être banquier, sans vendre ou acheter n'importe quoi. – Jolie perspective p[ou]r l'humanité ! – Tous épiciers !

Les Grecs n'auraient pas fait ce qu'ils ont fait sans les mines du Laurium, qui leur procuraient le moyen de n'avoir pas de métier. – Comme il faut être philosophe p[ou]r tolérer la vie, mon cher ami !

J'ai travaillé cet hiver d'une façon gigantesque. Aussi mon *Hérodias* avance. Quand j'arriverai à Paris (le 3 février, de samedi prochain en 15), il me restera peut-être cinq ou six pages ? – Donc, je crois vous donner le tout (selon vos prescriptions, Monseigneur), vers le 15 février. – De cette façon, le volume paraîtrait en français au commencement de mai ou au milieu. Il serait temps encore.

Mais si vous partez p[ou]r la Russie le 15, on ne vous aura donc pas cet hiver ? Ce doute m'embête.

Je sais que Catulle fait répéter une pièce à l'Ambigu. Si vous le voyez, dites-lui que je compte aller à la première.

Que dit-on de l'*Assommoir*, paru hier ? J'ai écrit à Zola de ne pas me l'envoyer. Ça me dérangerait. Mais je brûle de le lire.

Je vous embrasse.

Votre
Gve Flaubert

130 – Tourgueniev à Flaubert

Paris
50, rue de Douai
Mercredi soir, 24 janv[ier 1877]

Mon cher vieux,

Je vous envoie deux numéros du *Temps*, où il y a une petite bêtise de moi. Lisez ça quand vous n'aurez rien de mieux à faire.

La première partie de mon roman qui a paru en Russie semble faire beaucoup de plaisir à mes amis et fort peu au public. Les journaux trouvent que je suis usé, et m'assomment avec mes propres choses passées (comme vous avec *Mme Bovary*).

186

Je suis heureux de savoir que vous travaillez ferme, et Mme Commanville que j'ai vue et trouvée charmante de bonne santé et de bonne humeur m'a dit que vous reviendriez plus tôt que vous ne l'aviez supposé. Bravo ! Vous me manquiez ici. Quant à moi, je ne partirai pas avant les premiers jours de mars.

Zola m'a envoyé son *Assommoir*. C'est un gros volume, je vais m'y mettre.

Le pauvre Maupassant perd tous les poils de son corps ! (Il est venu me voir). C'est une maladie d'estomac, à ce qu'il dit. Il est toujours bien gentil, mais bien laid à cette heure. Je persiste – malgré tout – à croire à la guerre – au printemps. Et maintenant, je vous embrasse – et au revoir.

Iv. Tourguéneff

131 – Flaubert à Tourgueniev

[Croisset]
Mercredi soir, 9 h [24 janvier 1877]

Mon bon cher vieux,

Vous ne m'avez pas dit combien vous seriez de temps en Russie ? L'idée qu'il va falloir se quitter, dès que l'on se sera vu, me gâte d'avance mon hiver. C'est embêtant.

Ma nièce m'a écrit ce matin p[ou]r savoir *qui* je voulais à dîner le dimanche 4 février. J'ai immédiatement répondu : Tourgueneff.

Et j'aurai fini *Hérodias* avant le 15 du mois prochain* !!! – Mais je suis aux trois quarts crevé. Je vous embrasse

Gve Flaubert

* peut-être même dans huit jours.

Si vous voyez nos amis, prévenez-les que je serai chez moi dans l'après-midi du 4. Ça m'épargnera la peine de leur écrire. – Je n'en peux plus.

132 – Flaubert à Tourgueniev

Croisset, vendredi 2 heures [26 janvier 1877]

Je ne résiste pas au besoin de vous dire que votre « petite bêtise » est *un chef-d'œuvre* ! et je m'y connais, nom de Dieu !

Si c'est là une œuvre de décadence, comme le prétendent vos compatriotes, décadez !

Comme c'est original et bien composé ! pas un mot de trop ! quelle violence souterraine ! quelle patte de maître ! J'en suis ravi. Sans blague aucune ni complaisance, ça me paraît de premier ordre !

Et moi qui avais prié Zola de ne pas m'envoyer son *Assommoir*, pour n'être pas dérangé !!!

Allons adieu ! De dimanche en huit je compte sur vous !

Votre vieux
G.F. embrasse son vieux.

Au commencement de la troisième colonne du deuxième numéro, il y a une phrase abominable à cause des nombreux *que*.

133 – Flaubert à Tourgueniev

[Paris]
samedi matin [24 février 1877]

Mon bon vieux,
Je viens d'écrire à Pouchet pour le prier de se trouver chez moi demain dans l'après-midi, vers 4 heures, en lui disant que vous avez besoin de ses conseils. Donc, tâchez d'y être.

Saint-Saëns m'a oublié. Mais, connaissant l'ahurissement des premières, je lui pardonne sans effort. N'importe ! j'aurais été heureux de l'applaudir.

N.B. Y aurait-il moyen d'assister à la répétition de *Massenet* ?

À demain, et *ex imo*.

Gve Flaubert

Faites-moi penser à vous consulter sur deux passages du *Cœur simple*.

134 – Tourgueniev à Flaubert

[Paris]
50, rue de Douai
Mercredi
14 mars [1877], 11 1/2 h. du matin

Mon cher vieux,

Je viens d'écrire à la princesse Mathilde que je ne puis aller à son dîner ; j'en suis navré – c'est un vrai guignon – mais décidément je ne puis montrer ma face hors de chez moi – je sors pour la première fois pour aller chez un dentiste et je rentre aussitôt. – J'ai encore eu de violentes douleurs névralgiques cette nuit.

Je vous en prie, dites à la princesse que tout ça – c'est malheureusement la vérité.

Autre chose : voilà que Stassulévitch m'écrit que, toute réflexion faite, il préfère mettre les *deux* légendes ensemble – dans le n° du 13 avril. C'est son affaire et il a peut-être raison. – J'avais écrit une petite préface. – Cela ne change rien à la publication d'ici. – Stassulévitch m'écrit que puisque *Hérodiade* est de la même longueur que *Saint-Julien,* il fera les calculs là-dessus – et enverra l'argent aussitôt (je lui ai fait entendre en termes détournés que vous n'en seriez pas fâché).

Je vous serre mélancoliquement la main.

Votre
J. Tourguéneff

135 – Flaubert à Tourgueniev

[Paris, 14 mars 1877]

Mon pauvre vieux,

Je vais tout à l'heure faire à la Princesse une peinture pathétique de votre état.

Envoyez-moi p[ou]r demain soir un petit bulletin de votre santé. Ça m'embête de vous savoir souffrant.

Quant au retard d'un mois, il ne me contrarie que par la crainte d'un deuxième ajournement.

Expliquez bien là-bas qu'il aurait p[ou]r moi des conséquences très fâcheuses.

Je ne vous remercie pas de ce que vous faites p[ou]r moi ; ce serait vous injurier.

je vous embrasse

Gve Flaubert
Mercredi 5 h

136 – Flaubert à Tourgueniev

[Paris]
Lundi soir [19 mars 1877]
9 h

Alphonse Daudet : rue des Vosges, 18.

Pourquoi ne viendrez-vous pas, vendredi soir, chez les Charpentier ? Nous y serons à peu près tous. C'est leur dernier vendredi.

Apprêtez-vous à dîner prochainement avec Renan & moi chez Mme de Tourbey ! Il faut recommencer « cette petite fête de famille » manquée, puisque vous n'y étiez pas.

À demain, vers 10 h[eures], chez Victor Hugo. Votre vieux

Gve Flaubert
vous embrasse.

137 – Flaubert à Tourgueniev

[Paris]
Dimanche matin [15 avril 1877]

Hier, à 5 h[eures], comme j'allais m'habiller p[ou]r me rendre chez vous, le prince Napoléon est venu me faire une visite. Voilà p[our]quoi vous ne m'avez pas vu.

Donnez-moi donc de vos nouvelles, pauvre cher vieux !

On vous a regretté beaucoup chez Taine, où il y a eu un petit dîner philosophique, très gentil.

Tâchez d'être guéri mercredi.

Envoyez-moi l'adresse de *Chamerot*. J'ai besoin de le voir moi-même. Charpentier est un lambin.

À bientôt.

Tibissimi
Gve Flaubert

Je re-pioche *Bouvard et Pécuchet*.

138 – Flaubert à Tourgueniev

[Paris]
jeudi soir, minuit [10 mai 1877]

Mon grand bon Homme,
Je viens de finir les *Terres vierges*.

Ça, c'est un bouquin, & ça vous décrasse la cervelle des lectures précédentes !

J'en suis étourdi, bien que j'en saisisse parfaitement l'ensemble. Quel peintre ! & quel moraliste vous faites, mon cher, bien cher ami !

Tant pis p[ou]r vos compatriotes s'ils ne trouvent pas votre livre une merveille. Moi, c'est mon avis, & je m'y connais.

Venez donc samedi vers 4 h. –, avant votre dîner, p[ou]r que nous puissions en causer seul à seul, tranquillement. Aimez-vous mieux que j'aille chez vous ? Il me tarde de vous embrasser.

J'ai mis, çà & là, q[uel]ques coups de crayon. Ils ne portent que sur des misères. La traduction m'a paru suffisante. Il est vrai que j'étais si empoigné.
Rebravo.

Tibissimi.
Gve Flaubert

Demain matin, je commence la seconde lecture. Oh ! les deux petits vieux !... & tout le reste.

[Paris]
50, rue de Douai
Samedi, 19 mai [1877]

Mon cher vieux,

Vous avez dû vous dire hier : « En voilà un farceur ! – Il ne vient pas à la *Feuille de rose*, parce qu'il a la goutte – et le lendemain il se promène en ville ! » Eh bien – je ne suis pourtant pas si farceur que ça. Je n'étais pas bien du tout hier – quand je suis sorti (je n'ai été absent qu'une heure – juste – et vous êtes venu 5 minutes trop tôt) – quant à avant-hier, jeudi, j'étais si misérable – mes deux pieds me faisaient tellement mal – je me sentais si impotent, vieux, goutteux, perclus – que l'idée d'aller voir ce qu'on voulait nous montrer – m'a rempli d'une mélancolie sombre : je ne doute pas que je m'y serais ennuyé – pire que ça – même si j'avais pu – avec les deux plaies que j'ai au lieu de jambes – monter jusqu'à l'atelier ! – Je me suis décidé à rester chez moi comme un vieux crapaud dans son trou humide. Je ferai tous mes efforts pour me traîner demain jusque chez vous. – Sinon – adieu !

Dès que je pourrai me mettre en wagon – je partirai, probablement vers la fin de la semaine prochaine.

Je voudrais pourtant vous voir auparavant.
Je vous embrasse-tristement.

Iv. Tourguéneff

140 – Tourgueniev à Flaubert

[Paris]
50, rue de Douai
Dimanche matin [27 mai 1877]

Mon cher ami,

Cette nuit, mon pied a enflé de nouveau – et me revoilà cloué à mon fauteuil. Je ne suis pas sûr de pouvoir partir après-demain ; – mais, en tout cas, je ne puis pas sortir aujourd'hui.

Je vous renvoie vos manuscrits. Si vous voyez Zola, dites-lui que je lui enverrai des sujets de feuilletons, dès que j'aurai vu et parlé à Stassulevitch. En attendant – il m'est venu une idée. S'il faisait une étude physiologique – de dessous de cartes – du journalisme de Paris ? Ce ne serait pas une actualité – mais cela pourrait être très curieux. – Le public russe est friand de ces choses.

Allons – adieu ; et au revoir dans des temps meilleurs ! – Je vous embrasse

Iv. Tourguéneff

P.S. Mille amitiés à Mme Commanville et à son mari.

141 – Tourgueniev à Flaubert

Bougival
Les Frênes
16, rue de Mesmes
Mercredi, 11 juillet 77

Mon cher vieux,

Me voici de retour ici depuis hier ! – Mon voyage a été abrégé par une violente attaque de *goutte* (!!!) – à St-Pétersbourg. – Je vous ai rapporté une robe de chambre aussi belle que porte le Shah de Perse ou plutôt le Khan de Bokhara ! – Mais je ne suis pas sûr que vous soyez maintenant à Croisset ; écrivez-moi un mot. – Nous verrons à arranger une visite. Pour le moment, j'ai encore le pied enflé et je marche avec difficulté. Travaillez-vous ? Comment va la santé ? Mes amitiés à tout le monde – et je vous embrasse.

Iv. Tourguéneff

142 – Flaubert à Tourgueniev

Croisset
jeudi 12 [juillet 1877]

Mon bon cher vieux,

Mme Viardot a eu l'extrême gentillesse, dimanche dernier, de me dire qu'elle vous attendait « demain », c'est-à-dire lundi. – Comme elle ajoutait que vous étiez malade, – n'ayant pas de lettre de votre Excellence, je suis inquiet.

Enfin, êtes-vous revenu ? Comment allez-vous ? Voilà ce que je brûle de savoir. – Si vous pouvez tenir une plume, écrivez-moi donc tout de suite.

Alors, on correspondra un peu plus longuement. Je m'ennuie de vous, & je vous embrasse comme je vous aime, c'est-à-dire très fort.

Votre vieux
Gve Flaubert
4 heures

Je reçois votre lettre, & je rouvre la mienne, mon bon cher vieux Tourgueneff, p[ou]r vous dire que je suis bien aise de vous savoir revenu ! – Guérissez votre pied – puis écrivez-moi longuement.

Bouvard et Pécuchet avancent lentement – mais avancent. À la fin de la semaine prochaine j'aurai fini la médecine.

Je serai à Croisset jusqu'au milieu d'août. Tout le monde ici va bien.

143 – Flaubert à Tourgueniev

Croisset, jeudi [19 juillet 1877]

Vous avez été bien gentil de m'écrire dès votre retour, mon bon cher vieux. – Mais actuellement je voudrais un peu plus de détails sur votre grande & exquise personne.

Et d'abord, comment va ce pied ? Est-il dégonflé ? L'accès, enfin, est-il terminé ?

Avez-vous fait en Russie ce que vous vouliez faire ? Vos arrangements de fortune ? en êtes-vous content ? & la sacro-sainte Littérature, dans tout cela, que devient-elle ?

J'attends, p[ou]r pleurer de reconnaissance, que j'aie vu la fameuse *robe de chambre*. Mais dès maintenant, je vous en remercie avec effusion ; rien ne pouvait m'être plus agréable, & *je brûle* de me l'induire.

Ma médecine est finie (je parle de *B. et P.*). P[ou]r le quart d'heure, je prépare la géologie & l'archéologie (des environs de Falaise). Quand ce travail sera terminé, je ferai une assez longue excursion dans la Basse-Normandie.

Puis je reviendrai ici, écrire la fin de ce terrible chapitre II dont j'aurai manqué mourir. & quand il sera fini (vers le jour de l'an ?), j'en serai, à peu près, au quart ! – Il faut être fou p[ou]r entreprendre des œuvres pareilles ! Celle-là, d'ailleurs, pourrait bien être idiote ? – En tout cas, elle ne sera pas banale.

Je ne lis rien en dehors du cercle de mes études immédiates. & vous ?

Je voudrais être aux élections, p[ou]r voir la tête des Mac-Mahoniens. L'Ordre moral en province va jusqu'à supprimer les assemblées de charité (qui ne sont pas cléricales). Oh ! Bêtise humaine !

Adieu, mon bon cher vieux.

Je vous embrasse

Votre
Gve Flaubert

144 – Tourgueniev à Flaubert

Bougival
Les Frênes
16, rue de Mesmes
Mardi, 24 juillet [1877]

Mon cher vieux,

Je ne vous ai pas répondu tout de suite parce que j'avais un vague espoir d'aller à Croisset vous porter moi-même votre robe de chambre ; mais cet espoir s'est évanoui – pour le moment – et je vous écris et je vous envoie la robe de chambre par le chemin de fer. – Mon pied va beaucoup mieux – mais il me serait encore impossible de marcher beaucoup – je crois que je finirai par essayer ce nouveau médicament qu'on prône tant dans les journaux – et dont le nom commence en *sal* et finit en *ate*. – Cette gredine de goutte prend chez moi une tournure mi-chronique et mi-aiguë qui m'ennuie. C'est dommage que B[ouvard] et P[écuchet] aient *fini* leur médecine – j'aurais demandé leur avis.

J'ai fait en Russie le 1/4 de ce que je voulais faire – ce qui est déjà quelque chose. Naturellement je n'ai pas fait le principal : je n'ai pas vu mon frère. – Tout cela est dans l'ordre.

Je voudrais bien que cette guerre finisse, afin que le cours du rouble puisse remonter. – La situation actuelle paralyse complètement mes moyens.

Vous travaillez – c'est bien ; et les affaires – cette chose qui – vous vous le rappelez – promettait tant – comment ça va-t-il ?

Ma littérature à moi est – pour le moment – au plus profond des abîmes.

J'ai lu la petite nouvelle de Zola dans *L'Écho Universel*. Le commencement est surtout remarquable. – Mes amitiés à tous – je vous embrasse.

J.T.

P.S. Annoncez-moi la réception de la robe de chambre.

145 – Flaubert à Tourgueniev

Croisset
vendredi 4 h. [27 juillet 1877]

Splendide !

J'en reste béant ! Merci, mon bon cher vieux ! Ça, c'est un cadeau !

Je vous aurais répondu plus vite si le chemin de fer apportait les paquets jusques ici ! Il n'en est rien, ce qui a fait 24 heures de retard, ou peut-être 36. & le chef de gare m'a écrit hier soir seulement.

Ce royal vêtement me plonge dans des rêves d'absolutisme & de luxure ! Je voudrais être tout nu, dedans, & y abriter des Circassiennes ! – Bien qu'il fasse actuellement un temps d'orage et que j'aie trop chaud, je porte la susdite couverture – en songeant à l'utilité dont elle me sera cet hiver. Franchement, vous ne pouviez me faire un plus beau don !

Je prépare la géologie de *B. et P.* ; & lundi je me remets à écrire. Quand j'aurai fini ce chapitre-là, je pousserai un beau ouf !

Il est possible que vers la fin du mois d'août j'aille vous faire une visite à Bougival ? Actuellement, je ne vous invite pas à venir à Croisset, parce que votre chambre va être prise par une amie de Caroline. – Elle restera une quinzaine ?

Au mois de 7bre, je ferai en Basse-Normandie des excursions archéologiques & géologiques (toujours p[ou]r mes deux idiots !) J'ai peur d'en être un moi-même. Quel bouquin ! Dans quel abyme (guêpier, ou latrine) me suis-je fourré ! – il n'est plus temps de reculer.

Mais cet automne, nom d'un nom ! il faudra venir ici – & *y rester*. Une apparition de 24 ou de 36 heures est une chose *cruelle* & qui me révolte d'avance.

Quant aux « affaires », elles ne vont pas vite. Le pire est fait, cependant. – Mais les 200 derniers mille francs sont durs à découvrir.

Je lis dans le *Temps* le *Nabab !* Qu'en pensez-vous ? Ça me semble un peu négligé de style, un peu gamin ?

La guerre d'Orient, qui ne me regarde en rien, m'agace. Je souhaite aux enfants du Prophète une violente raclée & prompte surtout, p[ou]r que la paix se fasse.

Avez-vous été, comme moi, indigné contre Mme Gras ? C'est le plus g[ran]d criminel que je connaisse.

Aucune nouvelle des amis, sauf le jeune Guy. Il m'a écrit récemment qu'en 3 jours il avait tiré 19 coups ! C'est beau ! mais j'ai peur qu'il ne finisse par s'en aller en sperme.

Nous n'en sommes plus là, mon bon !

Amitiés et respects chez vous ; & pour vous, mille tendresses de votre vieux

Gve Flaubert

P.S. Décidément, je succombe sous le poids de votre magnificence. Je vais retirer *la* robe de chambre. Quel est son nom indigène ? & sa patrie ? Bukkara, n'est-ce pas ?

146 – Flaubert à Tourgueniev

[Croisset, 15 août 1877]

Mon petit père
Si rien ne s'oppose à mes désirs, soyez chez moi
lundi prochain de 5 à 6. Nous dînerons ensemble.
J'arriverai par le train de 4 h.20.
À vous

votre Gve Flaubert
Croisset, mercredi soir

En cas d'empêchement, un mot, hein ?

147 – Tourgueniev à Flaubert

Caen
Grand Hôtel de la Place Royale
Vendredi soir, 17 août 77

Caen ? Pourquoi Caen ? direz-vous, mon cher
vieux. – Que diable veut dire Caen ? Ah ! voilà !
– Les dames de la famille Viardot doivent passer
quinze jours au bord de la mer, soit à Luc, soit
à St-Aubin – et l'on m'a envoyé en avant pour
trouver quelque chose. – J'ai emporté votre lettre
avec moi et je m'empresse de vous dire que votre
visite me *botte* énormément – car je serai de retour
à Bougival dès *mardi* – et j'attendrai un mot de
vous aux Frênes pour savoir quand je dois aller

vous rencontrer à Paris au Faubourg St-Honoré.
– Nous aurons à parler – à faire frémir les murs
de la chambre !! – Ainsi – à partir de mardi,
j'attends un mot de vous.

Je vous embrasse

Votre
J. Tourguéneff

148 – Tourgueniev à Flaubert

Bougival
Les Frênes
Jeudi, 30 août 1877

Mon cher ami,

Quand vous me parlez, vous croyez avoir à
faire [sic] à un être humain ; détrompez-vous – je
ne suis qu'une vieille vaisselle à goutte. C'est
vous dire qu'elle m'a repris avec violence, dès le
soir du jour où nous avons déjeuné ensemble et
que depuis ce temps-là je suis sur le flanc. – Dans
la nuit qui vient de se passer elle est remontée du
talon au genou – et probablement elle n'est pas
au bout de ses voyages. – Ainsi, si vous voulez
me voir, il faut faire comme Mahomet. – Aller
à la montagne.

Sur ce, je vous embrasse et vous souhaite un
tas de bonnes choses – et pas de goutte.

Votre
J. Tourguéneff

Bougival
Les Frênes
Samedi 1er sept. [1877]
8 h. du matin

Mon cher vieux,

Je vous écris ceci pour vous empêcher « d'aller à la montagne », si vous en aviez eu l'idée. Je me suis décidé à me traîner à Paris sur mes béquilles pour avoir une consultation du Dr Sée ; – sans cela j'aurais dû la remettre à mercredi, car il passe les dimanche et lundi à Trouville et ne reçoit pas les mardi. – Je ne sais pas quand il me relâchera, et il m'est impossible de monter vos 5 étages – ainsi notre entrevue, dîner, etc. – tout tombe à l'eau. – Après 40 ans, il n'y a qu'un seul mot qui compose le fond de la vie : *renoncer*.

Je vous embrasse et vous souhaite santé, activité, etc., etc.

Votre vieux
J. Tourguéneff

150 – Flaubert à Tourgueniev

Eh bien, mon pauvre vieux ! comment allez-vous ? qu'a dit votre médecin ? Ça m'ennuie énormément de vous savoir toujours souffrant.

Dans une huitaine, je ne serai pas loin de m'en retourner à Croisset, p[ou]r de là prendre mon vol vers la Basse-Normandie.

J'ai vu le jeune de Maupassant retour de Suisse qu'il a souillée par des horreurs.

La mort du père Thiers m'embête. J'ai peur qu'elle ne serve à l'infâme parti de l'Ordre.

On va faire un nouveau tirage des *Trois contes* et de *St Antoine*.

Je vous embrasse.

Votre
Gve Flaubert

Envoyez-moi un mot f[aubour]g S[ain]t-Honoré, 240.

151 – Flaubert à Tourgueniev

[Paris]
Mercredi 12 [septembre 1877]

Mon vieux chéri,
Je me suis présenté hier, rue de Douai p[ou]r vous voir. J'ai appris que vous y étiez venu la veille & que la goutte vous laissait maintenant tranquille.

Si vous devez revenir à Paris vendredi ou samedi, prévenez-moi par un mot ; j'irais vous faire une visite dans l'après-midi, & ne soyez pas étonné de mon long séjour dans la capitale. J'y suis (*inter nos*) retenu *Veneris causa* !!!

Je pars définitivement dimanche ; & mardi ou mercredi au plus tard, votre ami commence les excursions archéologiques & géologiques de *B. & P* !

Il faudra cet hiver que vous teniez votre vieille promesse : venir à Croisset p[ou]r *longtemps*, vous y installer & piocher près de moi.
À vous

Votre
Gve Flaubert

Il me semble que vous avez changé de portière, ce dont je vous *félicite*.

[Paris]
[17 septembre 1877]

Un mot seulement, cher ami, pour vous dire que je me suis présenté chez vous avant-hier samedi.

Après-demain, je commence les excursions de *B. et P.*, qui vont bien durer une quinzaine. J'espère avoir une lettre de vous à mon retour.

Que pensez-vous du nouveau roman de Daudet ? Lisez, *je vous en prie*, *Les amours de Philippe*, d'Octave Feuillet. Quel néant !

À quand le mariage de Mlle Viardot, et quand nous verrons-nous ? Vous savez bien que je ne veux pas de vous à Croisset, si c'est pour vingt-quatre ou quarante-huit heures. Un séjour si minime *me coupe* ma jouissance.

Je vous embrasse. Votre vieux qui vous chérit
Gve Flaubert

Parlez-moi de la Russie. Cette horrible guerre ne finira donc pas !

153 – Tourgueniev à Flaubert

I T [initiales entrelacées]
BOUGIVAL
LES FRÊNES
Chalet
Vendredi, 5 oct. [1877]

Mon cher ami,

Un mot seulement pour vous dire de ne pas vous étonner de mon silence. – Par plusieurs raisons que je vous dirai quand nous nous reverrons – j'étais tout ce temps-ci occupé à broyer du noir – et impropre au commerce humain.

Dès qu'il sera possible, j'irai vous voir. – Je vous préviendrai d'avance.

Je ne lis rien, je ne fais rien – et avec cela je me porte parfaitement, grâce au salicylate.

Le mariage de Mlle Viardot est un peu retardé.

Travaillez ferme – pour nous deux. Je vous embrasse.

Votre fidèle J. T.

154 – Flaubert à Tourgueniev

[Croisset, 5 octobre 1877]

Pourquoi n'ai-je pas de vos nouvelles, mon bon cher vieux ? – Je m'attendais à trouver une lettre de vous à mon retour. – Seriez-vous malade ?

Je me suis fortement trimbalé pendant quinze jours ! il va falloir me mettre à une pioche frénétique !

Que devenez-vous ? etc., etc.

Les « affaires » de mon neveu paraissent en *bonne* voie. – Mais la politique !?

Ma haine p[ou]r « l'Ordre moral » & notre « Bayard » me suffoque et m'abrutit.

Je vous embrasse.

Votre vieux
Gve Flaubert
Vendredi

155 – Flaubert à Tourgueniev

Croisset,
Mardi [9 octobre 1877]

Qu'avez-vous donc, mon vieux chéri ? Qui vous afflige – qui vous retient ?

Le ton de votre billet de vendredi m'inquiète.

Je pense à vous, beaucoup, – & voudrais vous posséder seul à seul pendant *plusieurs* jours.

Malgré l'abrutissement de la politique, il me semble que je vais piocher !

Je vous embrasse – malgré mon rhume, gobé il y a huit jours en allant voir une enceinte druidique.

Tout à vous

Votre
Gve Flaubert

I T
BOUGIVAL
LES FRÊNES
Chalet
Paris
50, rue de Douai
Jeudi, 8 nov. 77

Mon bon vieux,

Il faut pourtant que je vous écrive, ne fût-ce que pour savoir combien de temps vous pensez rester encore à Croisset, car je *veux* aller vous y voir, coûte que coûte !

Il y a dix jours que nous avons quitté la campagne, et nous voilà définitivement installés ici.

Ma santé est bonne, grâce à la salicylate de soude, que je prends depuis 2 mois et qui semble avoir enrayé la goutte.

Mon principal chagrin a été la rupture du mariage de la seconde fille de Mme Viardot – avec un garçon que je protégeais et que j'aimais. – Tout cela s'est passé sous mes yeux – il y a eu des étrangetés psychologiques, que j'aurais voulu avoir rencontré ailleurs.

Nous causerons de tout cela et d'autres choses encore. – Je n'ai vu et ne vois personne. – Zola doit être de retour ; je compte aller frapper à sa porte un de ces jours.

J'espère que vous allez bien et que vous travaillez ferme. – Chamerot m'a dit qu'on réimprime vos *Trois Contes* ; tant mieux !

Je vous embrasse.

Votre vieux
Iv. Tourguéneff

P.S. Est-ce assez joli, la politique ? J'ai toujours été persuadé que ce ministère resterait – et qu'une tête de bois, avantageusement placée, est plus forte que tout un peuple.

157 – Flaubert à Tourgueniev

[Croisset]
Samedi soir [17 novembre 1877]

Quel étrange bonhomme vous faites ! – Depuis huit jours, deux fois par jour, j'attends une lettre de vous m'annonçant votre arrivée. – Êtes-vous malade ? Qu'y a-t-il ?

J'aimerais mieux vous voir maintenant que plus tard, parce que, maintenant, je ne suis pas à l'écriture, je lis, je prends des notes et je vais à la bibliothèque de Rouen. – Après quoi, je me mettrai au chapitre de l'Archéologie. – Venez donc, *illico*, c'est-à-dire mardi, ou mercredi. Les Commanville s'en vont d'ici mardi matin & regrettent de ne pas vous voir.

Jeudi prochain, il *faut* que j'aille à Rouen pendant deux heures p[ou]r « honorer de ma présence » l'inauguration du buste du père Pouchet au Muséum d'hist[oire]. – Si vous êtes là, vous m'accompagnerez.

J'attends une réponse immédiate de vous & vous embrasse.

Votre vieux
Gve Flaubert

Quelle bavette nous taillerons ! Arrangez-vous p[ou]r rester q[uel]q[ue] temps, nom de Dieu ! & ne m'embêtez pas d'avance avec votre départ hâtif.

158 – Flaubert à Tourgueniev

[Croisset]
Mercredi soir [21 novembre 1877 ?]

Mon pauvre bonhomme ! ça m'embête bien de vous savoir malade ! Si vous ne souffrez pas aux mains & que vous puissiez m'écrire, envoyez-moi une longue épître pour me tenir compagnie dans ma solitude. Je viens de lire *le Nabab*. C'est émouvant & distingué, mais il y a par-ci par-là des choses que je n'aime pas. En somme, un joli livre.

Votre ami est un peu éreinté par excès de pioche. Je commence à ne plus dormir, l'archéologie de *B. et P.* me préoccupant outre mesure.

Donnez-moi de vos nouvelles & tâchez d'avoir de la patience ! Je vous plains & vous embrasse.

Votre vieux
Gve Flaubert

159 – Tourgueniev à Flaubert

I T [initiales entrelacées]
50, RUE DE DOUAI
PARIS
Mercredi, 5 déc. 77

Mon bon vieux,

Toujours dans la même position horizontale ! J'ai eu une rechute depuis que je vous ai écrit. Je ne souffre plus – mais je commence à me demander comment on se sert de ses jambes ; les gens qui marchent à l'aide de béquilles me semblent des colosses et des héros.

Je m'imagine que je suis ainsi pour me mettre à l'unisson de cette pauvre France qui, elle aussi, ne peut remuer pied ni patte. – Quelle situation, mon cher ami ! Cela ne s'est jamais vu. Une locomotive qui va à toute vapeur à l'abîme – et le mécanicien qui se gratte tranquillement le derrière, ou bien se croise les bras. – Et ce mensonge, ce mensonge effronté qui sue de partout, comme une bûche gelée qu'on met au feu. – Je le répète, cela ne s'est jamais vu.

Mme Commanville a eu la grâce et la bonté de visiter le malade.

— Je lui ai trouvé une mine rayonnante de santé. – J'ai vu aussi Zola qui va décidément faire une pièce pour Sarah Bernhardt.

Je viens d'achever *Le Nabab*. – C'est un livre où il y a des choses *au-dessus* du niveau de Daudet et d'autres – bien *au-dessous*. Ce qu'il a observé est superbe ; – ce qu'il invente est grêle, fade – et pas même original. – Malgré tout, les bonnes choses du livre sont si bonnes que je crois que je vais me décider à lui écrire une lettre *véridique* qui lui fera plaisir et chagrin. Peut-être, après tout – ne le ferai-je pas.

Et vous – travaillez-vous ? Mme Commanville me dit que si... tant mieux. – Profitez du temps où aucune infirmité ne s'est collée à vous. – Car – ça une fois venu – c'est fini. – Ça vous inspire une résignation, une humilité, excellente au point de vue chrétien, mais ne valant pas le diable pour qui veut encore faire quelque chose.

Vous revenez pour le Nouvel An, n'est-ce pas ?

Adieu – je vous embrasse. – Je n'ai pas de tristesse – mais je n'ai aucune joie : je me fais l'effet d'une ombre aux Champs-Élysées dans l'*Orphée* de Gluck. Je dois avoir leur regard « profondément » étonné et « profondément » indifférent, comme disait Jules Simon, devenu ministre de Mac-Mahon. – Jules Simon ministre ! Est-ce assez loin ?

Tout à vous

Iv. Tourguéneff

160 – Flaubert à Tourgueniev

Croisset, samedi 8 [décembre 1877]

Ma nièce m'avait envoyé de votre chère & gigantesque personne une description lamentable, quand
hier votre lettre m'a, non pas réjoui, mais tranquillisé – enfin (ou du moins p[ou]r le moment) vous
ne souffrez pas ! – Ah ! mon pauvre vieux, comme
je vous plains d'être toujours ainsi embêté par cette
chienne de goutte ! Pouvez-vous travailler un peu,
lire, rêvasser à q[uel]q[ue] chose de littéraire ?

Je pense absolument comme vous sur *Le
Nabab* ! C'est disparate. Il ne s'agit pas seulement
de voir, il faut arranger & fondre ce que l'on a
vu. La Réalité, selon moi, ne doit être qu'un *trem-
plin*. Nos amis sont persuadés qu'à elle seule elle
constitue tout l'Art ! Ce matérialisme m'indigne,
& presque tous les lundis, j'ai un accès d'irritation
en lisant les feuilletons de ce brave Zola. – Après
les Réalistes, nous avons les Naturalistes & les
Impressionnistes – quel progrès ! Tas de farceurs,
qui veulent se faire accroire & nous faire accroire
qu'ils ont découvert la Méditerranée !

Moi, mon bon, je bûche, je pioche, & je sur-
bûche comme la Négritie en personne. – Que
sera-ce ? Ah ! voilà le hic ! Par moments, je me
sens *écrasé* sous la masse de cette œuvre, qui
pourra bien être ratée ? & si elle l'est, elle ne le
sera pas à moitié ! Jusqu'à présent, ça ne va pas

trop mal. Mais la suite ? J'ai encore [des] tas de choses à lire ! & des tas d'effets pareils à varier !

Enfin, dans une quinzaine, je serai à peu près au *tiers* de l'œuvre. – Encore trois ans d'un travail forcené. Pour le moment, je barbote avec *B. et P.* dans l'archéologie celtique, une jolie blague.

& je me porte comme un charme – mais je ne dors plus – plus du tout. Aussi ai-je, vers le *crépuscule*, des douleurs à l'occiput assez violentes.

Ce matin, je vois dans *Le Bien Public* que nous avons – peut-être – un ministère. Bayard ne se retire pas. J'ai peur d'un coup en dessous – ou que le bon peuple ne finisse par regretter l'Empire – & le redemander. – Alors, *de profundis*.

Ici, à Croisset, il pleut sans discontinuer – on est dans l'eau. Mais comme je ne sors pas, je m'en fiche – & puis j'ai votre robe de chambre !!! Deux fois par jour, je vous bénis p[ou]r ce cadeau : le matin en sortant de mon lit, – & le soir vers 5 ou 6 heures, quand je m'enveloppe dedans p[ou]r « piquer un chien » sur mon divan.

Il faut perdre l'espoir, je crois, de vous voir dans mes Pénates d'ici au jour de l'an ?

Mon intention est d'arriver à Paris juste à ce moment-là.

En attendant, cher bon vieux, je vous embrasse.

Votre
Gve Flaubert

161 – Flaubert à Tourgueniev

Paris
Mercredi matin [2 janvier 1878 ?]

Mme Mazeline demeure boulevard Haussmann 134. Son jour est le vendredi.

Hier, pendant que vous veniez chez moi, j'allais chez vous, ce qui prouve que nous avions une égale envie de nous voir, mon cher vieux.

J'envoie le bas de votre crayonnage à Daudet.

À demain, et tout à vous.

Gve Flaubert

162 – Flaubert à Tourgueniev

[Paris]
Nuit de samedi [12 janvier 1878 ?]

Mon bon,

Vous ne devez pas être malade puisque vous vous êtes présenté chez moi aujourd'hui ? – et je vous soupçonne de vouloir demain vous livrer à q[uel]que turpitude, c'est-à-dire aller entendre de la musique ou voir de la peinture, arts inférieurs.

Quant à Bouvard et Pécuchet, je vous lirai ce qui est fait, quand il vous plaira. Vous viendrez dîner ici, & nous div[is]erons la lecture en deux séances.

Je n'ai de libre cette semaine que mardi, jeudi et samedi. Voulez-vous remettre la chose à l'autre semaine ?

Aujourd'hui je voulais aller voir Mme Viardot. Présentez-lui mes excuses, mais j'ai été retenu par Renan qui m'a fait une lecture.

Ma nièce est désolée d'avoir manqué votre visite. Son jour est le *mercredi*.

Je tâcherai d'aller vous voir mardi dans l'après-midi, vers 4 ou 5 heures.

Actuellement je suis perdu 1° dans la critique historique, 2° dans le celticisme et 3° dans l'histoire du duc d'Angoulême !!!

Ce bouquin-là est lourd ! Aurai-je assez de forces p[ou]r le continuer ? Il faut être fou p[ou]r l'avoir entrepris. Cependant ?…

Adieu, mon cher bon vieux. Vous n'êtes pas gentil de me manquer demain.

Je vous embrasse

Votre
Gve Flaubert

163 – Flaubert à Tourgueniev

[Paris, 13 janvier 1878]

Mon bon,

Je ne vous en veux pas. Je vous écris un mot de réponse, et je continue à vous trouver le plus incompréhensible des bonshommes.

Eh bien, je choisis *samedi prochain*. Si ce jour-là, vous manquez, je demanderai une consultation aux Princes de la Science.

Procurez-vous le feuilleton théâtral de Zola-de ce soir, & voyez ce qu'il dit de *Macbeth*. Il ne trouve pas Shakespeare vivant ! parce qu'il n'est pas contemporain ! Lisez-le p[ou]r vous punir.

Votre

Gve Fl.

Dimanche soir, 11 h

164 – Tourgueniev à Flaubert

Paris

50, rue de Douai

Lundi, 14 janv. 78

Mon cher ami,

Je suis en effet un être bizarre, mais cette fois-ci moins que vous ne le croyez.

Je vous avais dit que le gros Khanykoff m'avait invité pour aujourd'hui. J'aurais pu me dégager s'il n'avait invité personne pour la circonstance… mais, pensez-y, deux mathématiciens qu'on fait venir exprès ! Ma réputation est déjà si mauvaise (quant à l'exactitude) que je me serais perdu à tout jamais.

J'ai lu le feuilleton de Zola… Que voulez-vous ? Je le plains. Oui, c'est de la compassion qu'il m'inspire : et je crains bien qu'il n'ait jamais lu Shakespeare. Il y a là une tache originelle dont il ne se débarrassera jamais.

Ainsi, c'est pour SAMEDI !

C'est moi qui serai ponctuel ce jour-là.

Tout à vous

Iv. Tourguéneff

165 – Flaubert à Tourgueniev

[Paris, 14 avril 1878]

Non ! mon bon ! Ne venez pas demain, parce que, tous les jours de cette semaine, sauf vendredi, je passerai mes après-midi à la Bibliothèque des auteurs dramatiques p[ou]r lire des pièces historiques bêtes.

Mais tâchez de venir *vendredi*. Si, un de ces soirs (sauf mercredi), vous êtes libre, venez.

En tout cas je vous attends vendredi vers 2 heures.

Tout à vous, mon cher ami.

Votre
Gve Flaubert

166 – Flaubert à Tourgueniev

[Paris, 19 avril 1878]

Mon vieux chéri,

La vente de vos tableaux, qui m'afflige puisque vous en souffrez, vous a sans doute fait oublier qu'aujourd'hui vendredi, à 3 h., vous deviez venir chez moi, recevoir de votre ami des confidences littéraires sur *B. et P.*

J'ai, de mon côté, oublié de vous prévenir de ceci : *jeudi prochain* très probablement vous serez invité à dîner chez Mme Brainne, avec Guy, G. Pouchet, Mme Pasca & moi... – Je saurai ce qui en sera positivement demain, & vous le dirai dimanche. (Il y a 10 jours que j'aurais dû vous prévenir !)

Arrangez-vous aussi p[ou]r me donner 2 heures dans l'après-midi de lundi prochain.

Je vous embrasse. À dimanche

Votre
Gve Flaubert
Vendredi 5 h

167 – Flaubert à Tourgueniev

[Paris, 1878 ?]

Je ne sais pas si le dîner tient bon ? Daudet a la grippe & m'a écrit qu'il ne viendrait pas.

J'attends Zola & Goncourt p[ou]r avoir leur décision. Je vous la ferai parvenir ce soir.

Tout à vous

Gve F.

Je vous attends demain à 1 h.

168 – Flaubert à Tourgueniev

[Paris, 1878 ?]

Vous m'attendrissez jusqu'aux *larmes*, mon bon Tourgueneff. Il n'est pas possible d'être plus gentil que vous !

Quel ami j'ai en votre personne !

Je vous embrasse.

Gve Flaubert

À demain, n'est-ce pas ?

169 – Flaubert à Tourgueniev

Croisset
Jeudi
20 juin [1878]

Mon bon vieux,

Je vous croyais en Allemagne & j'attendais un de ces jours une lettre de vous me donnant des détails sur votre chienne de goutte, quand les échos de la presse pénétrant jusque dans ma solitude, m'ont apporté le bruit de vos triomphes oratoires. – Bravo, mon vieux chéri ! Votre petit discours est charmant ! Je n'ai qu'un regret, c'est de ne pas avoir été là p[ou]r vous applaudir.

Quant à moi, rien de neuf, *B. et P.* marchent assez bien. J'espère avoir fini mon chapitre vers la fin de juillet. Alors je serai à la *moitié !* de mon œuvre. Votre ami est patient. & mes pauvres yeux commencent à s'user.

Ma nièce et son mari reviennent ici lundi, mais me quitteront bientôt, je crois, pour aller aux eaux, l'une dans les Vosges, l'autre dans les Pyrénées. Moi, je ne bouge.

Où ce billet vous trouvera-t-il ? Qu'il vous porte toutes mes tendresses ! Je vous embrasse.

Gve Flaubert

Aucune révélation de nos amis du dimanche. Je sais seulement que Mme Daudet est re-mère.

Je trouve que Taine enfoncé par H. Martin, c'est drôle !

170 – Tourgueniev à Flaubert

I T [initiales entrelacées]
Bougival
16, rue de Mesmes
Les Frênes
Dimanche 23 juin [1878]

Moi aussi, mon bon ami, je croyais être en Allemagne à l'heure qu'il est : pas du tout ! Je me suis laissé embobiner dans cette affaire de Congrès International, qui *n'aura et ne peut avoir aucun résultat* – et me voilà prononçant des discours, et patati et patata ! Mon ami, quelle drôle de chose qu'une assemblée délibérante ! Voilà Hugo qui prononce hier un superbe discours ; ce discours est acclamé – l'impression en est votée – comme dans la Constituante ! – et cinq minutes plus tard on vote une résolution diamétralement contraire à son discours – et il la vote LUI-MÊME !! Nous avons une Commission qui siège tous les jours (j'en suis le vice-président) – nous piétinons sur place comme des imbéciles – et je commence à croire que nous le sommes effectivement. J'en ai par-dessus la tête, et je file dès *jeudi* pour Carlsbad où je vous prie de m'écrire (C[arlsbad], Bohême, poste restante). L'eau que j'y boirai est aussi une illusion peut-être – mais ça n'est pas si visible.

Quant à vous : santé et patience – voilà ce que je vous souhaite de tout mon cœur.

J'ai vu Zola un instant : il a acheté une petite maison dans les environs de Maisons-Laffitte – et il va s'y installer.

Ce n'est certes pas un grand écrivain que H. Martin – mais avouez que Taine dans le fauteuil de Thiers – cela paraît monstrueux ! Personnellement – j'aime beaucoup Martin et je suis content de son succès.

Je vous embrasse

Iv. Tourguéneff

171 – Flaubert à Tourgueniev

Croisset
Mardi soir
10 juillet [1878]

Eh bien, mon bon cher vieux, comment allez-vous ? La goutte est-elle partie, ou tout au moins vous laisse-t-elle tranquille ? & l'humeur, comment va ?

Quant à moi, rien de neuf. Je travaille toujours avec acharnement mon abominable bouquin. À la fin de ce mois, j'espère avoir fini le chapitre V^e. Après celui-là, j'en aurai encore V ! – sans compter le volume de notes. En de certains jours je me sens broyé par ce fardeau. Il me semble que je n'ai plus de moelle dans les os, & je continue comme un vieux cheval de fiacre, – fourbu, mais courageux. – Quelle entreprise, mon bon !

Pourvu qu'elle ne soit pas insensée ! C'est de la conception même du livre dont je suis inquiet. – Enfin ! à la grâce de Dieu ! Il n'est plus temps d'y réfléchir. N'importe, je me demande, souvent, si je n'aurais pas mieux fait d'employer tant de temps à autre chose.

Ma nièce est ici à Croisset ; & depuis qu'elle reboit du cidre (indignez-vous), n'a plus de maux d'estomac. Elle se fait arranger la salle de billard en atelier & va se remettre à la peinture. Elle & son mari, sachant que je vous écris, me chargent de présenter toutes leurs amitiés à mon grand ami.

J'ai reçu une lettre lamentable de mon disciple Guy de Maupassant. La santé de sa mère lui donne des inquiétudes, & lui-même se sent malade. Son ministère (de la Marine) l'énerve & l'abrutit, à ne pouvoir plus travailler, & « ces dames » sont impuissantes à le distraire ! D'ailleurs, comme « l'Europe nous les envie » encore plus que nos institutions, elles ont en ce moment tant d'occupation qu'il est impossible de les aborder. Après l'Exposition, il y en aura bien une vingtaine de mille crevées par excès de travail [*sic*].

Zola est propriétaire d'une maison de campagne, dont tous les planchers, étant pourris, ont failli crouler sous lui. *Le Bien public* est mort comme vous savez, mais il (Zola) va continuer à brandir l'étendard du Naturalisme dans le *Voltaire* – un nouvel organe.

Mme Alphonse Daudet est accouchée d'un garçon. Voilà tout ce que je sais de nos amis.

Calme plat à l'horizon politique, il me semble ? Hier il y a eu des élections p[ou]r la Chambre, où les Amis de l'Ordre ont été enfoncés.

J'ignore si *Le Capitaine Fracasse* de Catulle a réussi.

L'été est abominable. Tous les jours de la pluie ! Je voulais faire le triton dans la Seine, mais la température s'y oppose.

Quand revenez-vous ? – Moi, je ne bougerai guère de ma cabane, d'ici à la fin de l'année, – sauf peut-être une quinzaine au mois de 7-bre p[ou]r aller chez la princesse & p[ou]r visiter l'Exposition.

Viendrez-vous me voir cet automne ? Vous savez bien que je ne vous invite pas, parce que vous êtes trop désagréable avec vos préoccupations de départ. Si vous ne devez pas rester moins de huit jours [*sic*], je ne veux pas de vous ! Il me serait pourtant bien doux de vous avoir, mon bon cher vieux. L'hiver, nous nous voyons dans de mauvaises conditions, c'est-à-dire avec trop de monde autour de nous. Nos petits amis sont bien gentils…, mais… aucun n'est *vous*, enfin.

Tenez-vous en joye. Écrivez-moi, & pensez à votre

Gve Flaubert
qui vous aime & vous embrasse.

172 – Flaubert à Tourgueniev

[Croisset]
Mercredi matin [17 juillet 1878]
9 h[eures]

Votre lettre datée du 15 ne m'arrive qu'aujourd'hui 17 ! & celle-ci vous parviendra-t-elle assez vite p[ou]r vous dire bonjour avant votre départ ?

Depuis 15 jours, il y en a une de moi qui vous attend à Carlsbad. *Réclamez-la*.

Elle était, il me semble, assez longue ? Homme étrange dans ses projets, je vous embrasse.

Dès que vous serez en Russie, écrivez-moi.

J'ai fini, hier, mon V^e ch[apitre], celui de la Littérature. Je vais bien, mais je suis un peu échiné. Ce livre est lourd.

Tout à vous, mon bon vieux.

Bon voyage, – & revenez vite.

Votre
Gve Flaubert

Mme Régnier. [*Sic*]

173 – Flaubert à Tourgueniev

[Paris]
Dimanche [8 septembre 1878 ?]

J'ai été fâcheusement surpris, mon bon cher vieux, de ne pas vous trouver avant-hier à Paris. Quelle abomination que cette goutte !

Maintenant, quand nous reverrons-nous ? À Croisset, sans doute ? Car en revenant de Saint-Gratien, je ne m'arrêterai guère ici.

Je vous embrasse tendrement.

Votre
Gve Flaubert

À tout hasard, un de ces jours, *peut-être* je passerai rue de Douai... Pauvre ami ! Comme je vous plains !

174 – Tourgueniev à Flaubert

I T [initiales entrelacées]
50, RUE DE DOUAI
PARIS
Samedi, 9 nov. 78

Mon cher vieux,

Après tant de malheurs, Rhadamiste, est-ce vous ?

Après un si long silence, après des excursions en Russie, en Angleterre, au diable vert – oui, c'est moi ; – et je viens vous dire que je ne suis établi à Paris que depuis hier ; que je veux savoir de vos nouvelles ; qu'il faut que vous m'appreniez combien de temps vous restez encore à Croisset – car je suppose que vous y êtes ; – et je veux y aller pour vous y voir. – Ma santé est assez bonne – et je marche tout seul comme un bébé de trois ans. – Pour aujourd'hui je n'ajoute pas autre chose, car je me sens pas mal ahuri – et j'attends votre réponse.

Je vous embrasse.

Votre
Iv. Tourguéneff

175 – Flaubert à Tourgueniev

[Croisset]
Dimanche [10 novembre 1878]

Ah ! enfin ! J'allais re-écrire à Mme Viardot ! J'avais prié Maupassant de passer chez vous. Mon esprit errait dans toutes les hypothèses. Bref, j'ai poussé un cri de joie en voyant ce matin votre écriture.

J'ai été moins errant que vous – car sauf trois semaines passées au mois de septembre tant à Paris qu'à S[ain]t-Gratien, & trois jours, dernièrement à Étretat, je suis resté depuis six mois devant ma table. Mes bonshommes me donnent un mal de chien ! Par moments, je n'en puis plus – & j'en ai encore pour deux ans. – Quel livre ! & qu'il faut être fou pour l'avoir entrepris !

Mon existence d'ailleurs n'est pas drôle ! Les *affaires* ne se raccommodent point, au contraire ! La résignation est venue, mais par moments, elle a des absences, – & alors je rumine amèrement le passé & je songe à la crevaison. Puis je me remets à la pioche.

Je ne compte pas revenir à Paris avant le commencement ou même la fin de février. – Je veux avoir fini mon chapitre de l'*Amour !!!* Celui de la Politique sera terminé dans une quinzaine.

Vous savez bien que je ne compte nullement sur votre visite, malgré vos promesses. – Et d'ailleurs, vous ressemblez à Galathée : à peine entrevu, enfui ! – Cependant… ?

Si vous n'êtes pas trop occupé (mais vous êtes un homme occupé), écrivez-moi une longue épître. Ce n'est pas gentil d'avoir laissé si longtemps sans nouvelles

votre vieux
qui vous embrasse et vous chérit
Gve Flaubert

I T [initiales entrelacées]
50, **RUE DE DOUAI**
PARIS
Mercredi, 27 nov. 78

Mon cher vieux,

En réponse à votre petit billet dont la tristesse m'avait navré, je voulais tomber à l'improviste à Croisset – et si je ne l'ai pas fait – c'est à cause de raisons majeures. – Il a fallu mettre en terre un vieil ami de quarante ans (quarante ans d'amitié), Khanikoff, qui s'est laissé mourir à Rambouillet, dans la plus maussade maison que j'ai vue. – Il a fait bien vilain au Père-Lachaise – de la boue en bas, une sorte de grêle ou de neige par en haut, un vilain brouillard sale tout autour. – Ils ont eu une peine infinie à faire tomber le lourd et énorme cercueil dans le trou béant. – J'ai prononcé quelques paroles d'adieu au bord de ce trou, sur un tas de mottes de terre grasse et glissante. J'ai parlé nu-tête – et j'ai attrapé un assez gros rhume qui m'empêche de sortir de la chambre – et d'aller à Croisset. Cependant, je vais mieux, et *certainement*, la semaine prochaine ne s'écoulera pas sans que vous m'ayez vu dans votre *maison, à Croisset*. Je vois d'ici le sourire sceptique qui erre sur vos lèvres ; et je dois avouer que vous avez le droit de le laisser errer, vu mes nombreux manques de parole ; – et pourtant – vous verrez ! vous verrez !

Zola n'est pas encore revenu à Paris ; je n'ai pas vu Daudet. – Goncourt est venu hier chez moi pour se faire donner un peu de couleur locale – Russie méridionale, noms de Bohémiennes, etc. Je l'ai trouvé en bonne santé – un peu maigri – et toujours ces mêmes yeux, luisants et sombres – et pas bons du tout. – Il a parlé de vous avec beaucoup de sympathie.

Je viens d'avoir 60 ans, mon cher vieux… C'est le commencement de la queue de la vie. Un proverbe espagnol dit que c'est ce qu'il y a de plus difficile à dépiauter : une queue ; – c'est en même temps ce qui offre le moins de plaisir et de résultats. – La vie devient absolument personnelle ; – et défensive contre la mort ; et cette exagération de personnalité fait qu'elle cesse d'avoir de l'intérêt – même pour la personne en question. – Mais vous n'êtes pas déjà si gai – pour que j'aille encore ajouter cette note lugubre ; mettez que je n'ai rien dit.

Quand nous nous verrons, j'aurai à vous raconter *beaucoup* de choses sur mes deux voyages en Russie et en Angleterre ; aussi faites-moi bavarder.

Tout mon monde ici va bien et vous salue. Et moi, je vous embrasse. *À bientôt.* Vous serez averti la veille.

Votre
Iv. Tourguéneff

177 – Flaubert à Tourgueniev

Croisset
nuit de dimanche
1er Xbre [1878]

Mon bon cher vieux,

Dans ma dernière lettre, je vous ai prié de venir – eh bien, *ne venez pas cette semaine*.

Je n'aurais pas l'esprit libre, & vous seriez trop mal reçu ! J'ai, ou plutôt nous avons des embêtements par-dessus la tête ! mais j'espère que c'est la fin ?

Ah ! mon pauvre ami, que la vie est lourde !

Je vous prie et même *supplie* de me réserver votre bonne visite p[ou]r une époque très prochaine, dans 8 ou 10 jours peut-être ?

Je vous préviendrai, dès que je serai tranquille.

J'ai bien besoin de causer avec vous longuement.

Je vous embrasse

Votre
Gve Flaubert

178 – Tourgueniev à Flaubert

I T [initiales entrelacées]
50, RUE DE DOUAI
PARIS
Mercredi, 4 déc. 78

Certainement, mon cher ami, j'attendrai que vous me disiez de venir et j'espère que vous le ferez bientôt. – Je suis fort tourmenté de vous savoir dans un si vilain pétrin – et j'espère encore que vous l'exagérez un peu, sous l'influence de vos nerfs. – Quant à la *lourdeur* de la vie – il n'y en a plus de légère, passés cinquante ans. – Enfin ! à bientôt – n'est-ce pas ?
Je vous embrasse

Votre vieux
Iv. Tourguéneff

179 – Flaubert à Tourgueniev

Croisset
dimanche 22 X [1878]

Mon cher vieux,
Mon silence doit vous étonner ? Mon excuse, hélas ! est légitime. J'ai eu de tels *embêtements d'argent*, des inquiétudes si violentes que je m'étonne d'avoir encore la boule à peu près d'aplomb sur les épaules. L'espoir de r'avoir

[*sic*] ma fortune est absolument perdu ! – & je ne serai fixé sur mon sort qu'à la fin de janvier. Je vous conterai tout cela, au coin du feu. N'en dites *rien* aux Autres.

Jamais je n'ai eu envie de quelqu'un, – comme j'ai envie de vous. La société de mon cher Tourgueneff me fera du bien au cœur, – à l'esprit, et aux nerfs. Je vous attends dans le commencement de janvier, pas avant, 1° parce que voilà le jour de l'an ; 2° vous seriez ici trop inconfortablement – par le temps affreux qu'il y fait ; 3° ma nièce et son mari vont commencer leurs préparatifs de départ p[ou]r Paris.

Je n'y serai pas, moi, avant le commencement de février.

Donc je vous attends dans quinze jours ou trois semaines. J'aurai à vous lire *trois* chapitres de *B. et P.* – Il m'en reste encore trois ! Mais avant de me remettre à écrire, il me faut bien trois ou quatre mois de lectures.

Aucune nouvelle des amis. – Ah ! mon pauvre vieux, la Providence (ou ce qu'on nomme ainsi) me fait avaler de jolis crapauds ! – J'ai eu des coups de massue & des coups d'épingle. – Jusqu'à Charpentier (le jeune Charpentier !) qui préfère à ma littérature celle de Sarah Bern[h]ardt !

Tout cela fait que j'ai eu la jaunisse ; mais à l'instar de Thomas Diafoirus, je me suis « roidi contre les difficultés », & j'ai continué à barbouiller du papier, me figurant que c'était important.

À bientôt, n'est-ce pas ?
Je vous embrasse à pleins bras.

Votre vieux
Gve Flaubert

Mettez-moi aux pieds de Mme Viardot.

180 – Tourgueniev à Flaubert

I T [initiales entrelacées]
50, RUE DE DOUAI
PARIS
Mardi, 7 janv. 79

Eh bien, mon ami, toujours pas de lettre ?
– Du reste, c'est peut-être pour le mieux – car
si vous m'aviez écrit il y a quinze ou dix jours,
je n'aurais pas pu venir, car j'ai été dans mon lit
avec la goutte. – L'attaque a été très violente –
mais courte – et depuis cinq jours je mets mes
bottines et marche comme un homme naturel.
– Donnez-moi de vos nouvelles dans tous les
cas – et n'oubliez pas que vous avez promis de
venir à Paris au commencement de février. – Nos
pauvres dîners périclitent diablement.
Je n'ai vu Goncourt qu'une fois : j'ai reçu un
petit mot de Daudet, qui souffre beaucoup d'un
rhumatisme au bras *droit* ; quant à Zola – il est
de retour à Paris depuis 4 jours – et je viens de
le voir. – Il est gros et gras – il achève de bâtir

une maison à la campagne – et dans dix jours on représente l'*Assommoir* ! Il m'a promis un fauteuil – pour la première. Ce sera probablement un très beau tapage : il le sait du reste et s'en moque. – Il se moque tout aussi bien et du bruit qu'ont faites articles russes – et des attaques violentes d'Ulbach, de Claretie, etc.. – Mais j'y pense : vous ne recevez guère de journaux chez vous – et vous ignorez peut-être toute l'affaire. Nous en parlerons quand nous nous reverrons, si d'ici là tout n'est pas oublié.

Je suis désolé de vous voir embourbé comme vous l'êtes – et que vous ne puissiez pas vous dépêtrer ! – Il ne faut pas se laisser « ronger l'âme » – malgré tout – et je suis heureux de vous savoir travaillant à votre besogne.

Il y a pourtant des choses que je ne comprends pas. – Qu'est-ce que ça peut vous faire que Charpentier édite Sarah Bernhardt – et quelle piqûre d'épingle est-ce là ? ? ! Ce livre, aussi bêtement écrit que misérablement illustré par Mr Clairin, est déjà plus oublié que les modes de l'année passée.

Et que dites-vous du vote d'avant-hier ?

Mme Viardot vous fait dire mille choses aimables – et moi, je vous embrasse.

Votre
Iv. Tourguéneff

Croisset, jeudi [9 janvier 1879]

Mon bon cher vieux,

Je vous ai écrit un peu avant le jour de l'An. Vous n'avez donc pas reçu ma lettre ?

Dans cette lettre-là je vous disais que je comptais sur vous, *ici*, au commencement de janvier. Pouvez-vous venir maintenant ? Cela vous gêne-t-il ? En me faisant une visite, vous ferez une *bonne action*, car j'ai bien envie ou plutôt besoin de vous voir.

Il ne m'est pas possible d'être à Paris avant la fin de février, au plus tôt, toujours à cause de mes abominables *affaires*. J'en vois de dures, allez ! et si la fièvre typhoïde qui règne maintenant à Rouen pouvait m'emporter, ce serait un joli débarras pour moi. Mais non, elle ne franchit pas les barrières, et reste confinée dans la patrie de Pierre Corneille et de Pouyer-Quertier.

Ce que ça me fait que Charpentier édite Sarah Bernhardt ? Sachez donc que ledit Charpentier m'avait, au mois de septembre dernier (pour la troisième fois) solennellement promis, juré, de publier une édition de *Saint Julien l'Hospitalier*, ornée d'une lithochromie, un livre pour étrennes. Comme c'est très cher, il a renâclé et préféré éditer l'ordure de Sarah. Je comptais tirer de ce côté-là un peu d'argent, néant. C'est comme Dalloz du *Moniteur* qui n'a même pas daigné lire un manuscrit que je lui envoyais, autre ren-foncement pécuniaire. Bref, j'ai peu de bonheur.

Néanmoins, je travaille comme un bœuf. J'ai à vous lire trois chapitres, la Littérature, la Politique et l'Amour ! Maintenant, je prépare les trois der-niers : Philosophie, Religion, Morale.

Votre ami est perdu dans la métaphysique, et présentement je lis, entre autres, le petit livre de Viardot, qui me semble encore meilleur que la première fois. Refaites-lui là-dessus mes compliments.

Je ne comprends pas que l'article de Zola ait causé tant de scandale ! Car en somme, ses cri-tiques étaient douces. Mais on est si lâche, et si hypocrite que la franchise détonne. Il faut admi-rer le médiocre.

Le vote de lundi m'a fait plaisir, comme ren-foncement au parti de l'ordre. Mais j'ai peur que les choses ne se retournent ? C'est la République qui va devenir le parti de l'ordre ! Pourvu qu'elle ne devienne pas celui de la bêtise !

Présentez mes respects à Mme Viardot.

Je vous embrasse tendrement.

Votre

G. Flaubert

Je suis ici tout seul ; ma nièce est à Paris, depuis le jour de l'An.

Venez. Je tâcherai que vous n'ayez pas froid, et répondez-moi tout de suite, n'est-ce pas ?

I T [initiales entrelacées]
50, RUE DE DOUAI
PARIS
Samedi, 11 janv. 79

Mon cher ami,

J'irai vous voir dès que ce temps froid et nei-geux aura cessé – probablement vers la fin de la semaine prochaine. Vous serez naturellement averti d'avance – J'ai aussi le plus grand désir de vous voir et de vous parler.

Je ne savais pas que Mme Commanville était de retour à Paris ; j'irai lui rendre visite dès demain.

Vous êtes dans de mauvais draps, mon pauvre cher vieux ; mais il vous reste la santé, le tra-vail – et de vrais amis ; avec cela on peut vivre. – Surtout – ne vous *mangez* pas vous-même : c'est la seule chose à laquelle l'homme ne résiste pas.

Toute la famille Viardot vous fait dire mille choses aimables. Quant à moi, je vous embrasse.

Votre
Iv. Tourguéneff

183 – Tourgueniev à Flaubert

I T [initiales entrelacées]
50, RUE DE DOUAI
PARIS
Mardi, 21 janv. 79

Mon bon vieux,

Vous vous demandez peut-être pourquoi je ne donne pas signe de vie ? Hélas, mon ami, je ne suis décidément qu'un infirme qui ne peut plus rien « entreprendre ». Voici bientôt quinze jours que la goutte m'a repincé – et ce n'est que depuis hier que je marche dans ma chambre – à l'aide de béquilles – bien entendu. – Je n'ai pas pu assister à la 1-re de *l'Assommoir* qui, dûment châtré à ce qu'il paraît, a eu un grand succès de bon vieux mélodrame. – J'ai reçu hier la nouvelle de la mort de mon frère ; cela me fait beaucoup de chagrin – rétrospectif et personnel. – Nous ne [nous] voyions que rarement – et il n'y avait à peu près rien de commun entre nous... mais un frère... c'est quelquefois moins, mais c'est autre chose qu'un ami. Moins fort et plus intime. – Mon frère est mort riche à millions – mais il laisse toute sa fortune à des parents de sa femme. – Il m'a mis (à ce qu'il m'a écrit) pour 250.000 fr. sur son testament (c'est à peu près la 20ᵉ partie de sa fortune) – mais comme les personnes qui l'entouraient dans les dernières années de sa vie sont des espèces de filous – il faudra probablement que je me rende sur les lieux sans tarder – le legs de mon frère pourrait fort bien s'évaporer en fumée ! – Ainsi – dans 10 jours je suis peut-être sur la route de Moscou. Dans ce cas – quand nous reverrons-nous ? Car il ne faudra plus songer à aller à Croisset. – Et pourtant, j'ai la plus grande envie de vous voir ! Est-ce vraiment bien nécessaire que vous restiez là-bas jusqu'à la fin de février ? – Quel triste hiver ! Il n'y a pas de taupe qui mène une vie plus retirée que moi. – Être seul, tout seul – et ne rien faire – cela vous donne bien le goût – et l'arrière-goût de votre inutilité. – Enfin ! Patience !

Heureusement que toute la maison ici va bien.

Écrivez-moi deux mots. – J'espère que votre travail avance régulièrement.

Je vous embrasse.

Votre J. Tourguéneff

184 – Tourgueniev à Flaubert

IT [initiales entrelacées]

50, RUE DE DOUAI

PARIS

Vendredi, 24 janv. 79

Mon cher vieux,

J'ai reçu votre lettre – et hier Mme Commanville a eu l'amabilité de venir me voir. – Nous avons causé assez longuement. – Naturellement, c'est vous qui avez été le principal sujet de notre causerie. – Je l'ai trouvée en bonne santé et en bonne disposition de travail. – Je lui rendrai sa visite dès que je pourrai marcher sans canne et surtout monter des escaliers.

Il n'est pas impossible que mon voyage en Russie soit retardé : tout dépend des lettres que je recevrai de là-bas. – Dans ce cas j'irai certainement à Croisset. Malheureusement le père de l'héritière est un coquin qui ne demande qu'à me voler. – Ma présence l'en empêchera peut-être. – Je ne le crois pas – mais peut-être est-ce nécessaire que je fasse semblant d'y croire.

Votre nièce m'a dit que votre santé est bonne : c'est le bon point. – Vous n'aimez pas à vous promener ; mais il faut vous y forcer. – Je suis resté une fois en prison (au secret) pendant plus d'un mois : la chambre était petite – la chaleur étouffante. Deux fois par jour je transportais 104 cartes (deux jeux) – une à une – d'un bout de la chambre à l'autre… cela faisait 208 tours ; 416 en un jour – le tour à 8 pas – ça faisait plus de 3 300 – près de 2 kilomètres ! – Que ce calcul ingénieux vous donne du courage ! Le jour où je n'avais pas fait de promenade, j'avais tout le sang à la tête !

J'ai découpé pour vous dans un journal l'article suivant qui me semble d'un Prud'homme achevé ! Ajoutez-le à votre collection.

Je vous écrirai bientôt, dès que je saurai quelque chose de certain.

En attendant, je vous embrasse

Votre
Iv. Tourguéneff

185 – Flaubert à Tourgueniev

Non, mon bon vieux, ne venez pas. Je serais trop, trop triste de vous voir partir ; et franchement ça ne vaut pas la peine de vous déranger pour une visite de deux heures. Quand je pourrai me lever et causer longuement avec vous, ce qui aura lieu, je pense, dans une quinzaine de jours, je vous appellerai, si vous n'allez pas en Russie.

Savez-vous que je me suis cassé la *guibole* cinq minutes après avoir lu la lettre où vous me recommandiez la marche !!! N'est-ce pas drôle ?

J'en ai pour six semaines ou deux mois avant de pouvoir marcher, et je boiterai longtemps. Je vais aussi bien que possible, et je vous embrasse.

Votre vieil éclopé
Gve F.

Le Figaro ayant eu la bêtise de publier mon accident, tous mes amis se sont inquiétés, et j'ai reçu hier quinze lettres, et ce matin onze. Voilà les bienfaits du journalisme. De quel droit ma jambe appartient-elle à Villemessant ? Notez qu'il croit m'honorer et me faire plaisir. Cet entrefilet m'a été *très désagréable*. Je n'aime pas à « intéresser » le public avec ma personne.

186 – Tourgueniev à Flaubert

I T [initiales entrelacées]
50, RUE DE DOUAI
PARIS
Vendredi matin [31 janvier 1879]

Mon cher malade,

J'allais me mettre en route quand votre lettre est arrivée. – Je n'irai pas aujourd'hui, puisque vous le voulez – mais il faut absolument que je vous voie – pour moi et aussi pour *vous* – et j'irai *lundi*. Que parlez-vous de *deux* heures ? J'arriverai dans la matinée et je resterai jusqu'au jour suivant. Si vous n'avez pas de lit à me donner – j'irai coucher à Rouen. Comme il est plus que probable que je vais partir pour la Russie dans une semaine, je tiens absolument à vous voir auparavant.

Pourquoi n'avez-vous pas répondu à mon télégramme (réponse payée) ? Vous m'avez tenu tout un jour dans une véritable anxiété !

— et Mme Viardot aussi, qui vous fait dire qu'elle ne savait pas elle-même – jusqu'à ce jour – combien elle vous était attachée. – J'ai écrit hier matin à Mme Commanville et sa réponse m'a tranquillisé. – Cependant, elle ne parlait que d'une entorse et je vois que vous vous êtes tout de même cassé la jambe. J'ai vu en rêve que vous me montriez l'endroit : un peu au-dessous du genou droit.

Ainsi – à lundi – « te volente aut nolente ». – J'aurai beaucoup de choses à vous dire et à vous entendre dire.

J'espère que vous serez tout à fait gaillard à mon retour de Russie, qui aura lieu dans six semaines. – En attendant, je vous embrasse.

Votre
Iv. Tourguéneff

187 – Flaubert à Tourgueniev

[Croisset]
Mercredi 5 h. [5 février 1879]

Merci de votre télégramme, mon cher ami. Je viens de vous en envoyer un autre, qui précédera ce billet.

J'ai mis de côté un sot orgueil et j'accepte. Car avant tout il ne faut pas crever de faim, ce qui est une sotte manière de crever.

Maintenant je voudrais bien savoir ce qui en adviendra, et si je peux *compter* sur cette place. J'ai peur que Ferry n'ait ses protégés et que, la chose étant connue, des compétiteurs ne me démolissent. Avant votre départ, tâchez que j'aie un moyen de savoir à quoi m'en tenir positivement.

Je voudrais déjà que vous fussiez revenu de Russie. Votre visite m'a été bien douce. D'ailleurs, c'est à votre tendre éloquence que je dois ma détermination sensée.

Je vous embrasse comme je vous aime, c'est-à-dire fortement.

Votre vieux
Gve Flaubert

188 – Tourgueniev à Flaubert

I T [initiales entrelacées]
50, RUE DE DOUAI
PARIS
Vendredi matin [7 février 1879]

Mon cher ami,

Voici ma réponse à vos deux lettres : soyez tranquille – on travaille à votre affaire – et je dois dire que Zola et les Charpentier se montrent *très bien*. – Je suis très heureux de votre consentement et je ne *partirai pas* pour la Russie – avant qu'il n'y ait une solution. – Je vous tiendrai au courant. Il y a une petite difficulté qui s'est ajoutée : Baudry est le gendre de Senard – et Senard a contribué à la formation

du nouveau ministère. – Mais Gambetta continue à vous témoigner le plus vif intérêt – et
c'est là le principal. – Nous ferons tout ce qu'il
faudra.

Vous ne me dites rien de votre pied – c'est
bon signe. – Je l'espère, du moins. Mes amitiés
au bon Mr Laporte. – Je vous embrasse.

J. Tourguéneff

P.-S. Il est probable que je vous écrirai demain.

189 – Flaubert à Tourgueniev

[Croisset]
Samedi soir [8 février 1879]

Mon bon cher vieux,
Je ne vous remercie pas du mal que vous
vous donnez pour moi, ce serait vous insulter ;
mais il m'embête de savoir que vous retar-
dez votre voyage en Russie exprès pour cette
affaire.

Plus que jamais, je suis décidé à ne pas me
sacrifier pour cet excellent M. Baudry. Donc,
que les amis agissent ! Vous savez que je suis
très bien avec Mme Adam, amie de Gambetta, et
avec Mme Pelouze, amie de Grévy. Si on faisait
parler à ces deux anges, je ne doute pas de leur
bonne volonté à mon endroit.

Ce matin, je me suis commandé une paire de béquilles, dont je ferai l'essai mardi. Laporte m'a quitté mercredi soir, mais revient demain.

Je vous embrasse.

Votre
G.F.

190 – Tourgueniev à Flaubert

I T [initiales entrelacées]
50, RUE DE DOUAI
PARIS
Dimanche matin [9 février 1879]

Mon cher ami,

Rien de nouveau encore aujourd'hui ; – c'est demain qu'on aura la réponse définitive de Gambetta. – Je reste ici jusqu'à jeudi. – Je prendrai en grande considération les renseignements que vous me donnez dans la lettre d'aujourd'hui. – Je ne connais pas Mme Pelouze – mais je crois que les Charpentier la connaissent ; quant à Mme Adam, je l'ai vue une fois à une vente, et elle m'a parlé avec beaucoup d'amabilité. – Je vais lui écrire pour lui demander un rendez-vous. – Pourquoi n'écririez-vous pas, de votre côté, à Mme Pelouze ? Maintenant que vous êtes décidé – il faut marcher de l'avant. Ce qui est bête dans tout cela, c'est que Mr de Sacy va mieux et qu'on parle même de sa guérison possible !

Je suis content de savoir que vous allez vous lever dès mardi. – Prenez garde de vous fatiguer le pied. – Je vous écrirai tous les jours jusqu'à mon départ.

Je vous embrasse.

Votre
J. Tourguéneff

191 – Flaubert à Tourgueniev

[Croisset]
Lundi [10 février 1879]

Si je pouvais écrire dans mon lit commodément, je vous expliquerais comme quoi je ne peux m'adresser directement à Mme Pelouze. Lui faire parler, bien. Mais lui demander quelque chose moi-même, non.

Vous verrez que le P[ère] Sacy va guérir, ou, s'il ne se rétablit, que la place ne sera pas pour moi. Le malheur me poursuit.

Avec qui correspondre là-dessus, quand vous serez parti ?

Aujourd'hui je suis très énervé par suite de longues insomnies. Il ne me reste de forces que pour vous embrasser tendrement, mon bon cher vieux.

À vous
G.F.

192 – Flaubert à Tourgueniev

[Croisset, 13 février 1879]

Mon cher vieux,

Maintenant que vous m'avez converti, j'ai *envie* de cette place dont l'idée seule m'indignait. – & comme je la désire, je crois que je ne l'obtiendrai pas.

Le Père de Sacy est peut-être mort à présent, d'après ce que je vois dans *Le Temps*. On va s'agiter p[ou]r obtenir sa succession. Gambetta pensera-t-il à moi ? – Ferry peut déjà l'avoir donnée à un autre ? – Ça va se décider très prochainement.

Vous absent, *qui veillera au grain* ? Qu'est-ce qui va aller chez Gambetta tout de suite p[ou]r qu'il emporte la chose ?

Un mot de réponse avant votre départ, n'est-ce pas ? – & merci encore une fois.

Je vous embrasse.

Votre
Gve Flaubert.
Jeudi matin 11 h

193 – Tourgueniev à Flaubert

[Paris, 13 février 1879]

TÉLÉGRAMME
ROUEN DE PARIS 82834 16 13 9 20 M
Gustave Flaubert, à Croisset, près Rouen. – N'y pensez plus, refus définitif, lettre donne détails.
Tourguéneff

194 – Tourgueniev à Flaubert

I T [initiales entrelacées]
50, RUE DE DOUAI
PARIS
Jeudi matin [13 février 1879]

Mon cher ami,

Vous savez déjà par mon télégramme de ce matin l'écroulement de tous nos projets. – Voici les détails. – À mon retour à Paris, nous avions pris les résolutions suivantes : je devais tâcher de parler à Gambetta, puis à Ferry et, s'il le fallait, à Baudry. – Jeudi soir – première lettre de Zola (ci-jointe) – et par la suite, temps d'arrêt. – Je demande une entrevue à Mme Ed. Adam ; pas de réponse. – Lundi matin – lettre de Zola accompagnée d'un billet de Mme Charpentier (je les envoie aussi). Jugez de ma stupéfaction. Je prends une voiture et je vais tout droit au palais de la présidence pour voir Gambetta (les Charpentier avaient promis d'avoir une réponse définitive *samedi*). Je ne suis pas reçu, mais je puis voir son secrétaire particulier Mr Arnauld (fils de Mme Arnauld de l'Arriège). Je lui explique toute l'affaire : il m'écoute avec aménité, tout en frétillant sur place – prend des notes sur un morceau de papier – et me promet solennellement de m'envoyer une réponse dès le lendemain matin. Naturellement, rien n'arrive. – Je m'en vais chez sa mère dont je venais de faire la connaissance : visage de bois. – Je retourne à la maison, écris une lettre à Gambetta – et la porte le soir même chez Mme Arnauld en la priant de faire remettre [ma] lettre par son fils. – J'ajoute que je viendrai chercher la réponse chez elle – le lendemain. – Le lendemain – c'[est] – à-d[ire] hier mercredi – je retourne chez Mme Arnauld : rien ! – en même temps je reçois une lettre de Mme Edmond Adam qu'on disait à Cannes (je vous l'envoie aussi). – Je mets habit, cravate blanche – et me voilà dans son salon, où se trouvent à peu près toutes les notabilités politiques et où se gouverne et s'administre la France. Je suis très bien reçu par elle – je lui expose l'affaire… « Mais Gambetta est là – il fume après le dîner – nous allons tout savoir en un instant ». – Elle revient dans deux minutes : « Impossible, mon cher Monsieur ! Gambetta a déjà ses candidats. » – Le dictateur arrive à pas délibérés : jamais je n'ai vu de chiens savants dansant devant leur maître pareils aux ministres et sénateurs, etc. qui l'entourent. – Il se met à causer avec l'un d'eux. – Mme Ed. Adam me prend par la main et me mène à lui ; mais le grand homme décline l'honneur de faire ma connaissance – et répète – assez haut pour que je l'entende : « Je ne veux pas – c'est dit – c'est impossible. » Je m'esquive – et je retourne à la maison, *plongé*, comme on dit, dans des réflexions que je n'ai pas besoin de vous communiquer. Et voilà comme on peut se fier aux bonnes paroles et aux promesses.

Les deux places dont parle Mme Charpentier seront données à M-s Baudry et Soury.

Allons, mon bon vieux – il faut jeter tout cela par-dessus bord – et se remettre au travail, au travail littéraire, le seul digne d'un homme tel que vous. – Je ne pars que *samedi* (à 7 h. du matin). Vous aurez le temps de m'écrire. Donnez-moi de vos nouvelles – pouvez-vous marcher maintenant avec vos béquilles ?

Je vous écrirai de Moscou. Je vous embrasse bien fort.

Votre
Iv. Tourguéneff

P.-S. J'écris un petit mot à votre nièce.

Paris
Jeudi [13 février 1879]

Mon cher ami,

Je viens de voir Zola auquel j'ai tout raconté et
qui, par affection pour vous (ce garçon vous est
sincèrement attaché, je m'y connais) regrette que
je vous ai dit la vérité tout entière. – Il voulait
que vous ne renonciassiez pas à la partie immédiatement. (N.B. Mme Ed. Adam m'a promis de
« travailler » pour vous pendant mon absence,
accompagnant ses paroles d'expressions très
fortes, disant que la France vous devait cela, etc.
Je ne vous en ai pas parlé dans ma lettre.) À
tout prendre – je crois que je vous devais la
vérité vraie ; mon instinct d'ami m'y poussait.
Cependant je vous transmets l'opinion de Zola.
N.B. Je ne lui ai pas dit que je vous avais envoyé
les pièces à l'appui – ses lettres – et peut-être
ferez-vous bien de n'en pas parler. Il est évident
que vos amis ont fait tous leurs efforts ; mais il est
probable qu'ils se sont trompés sur les intentions
bienveillantes qu'ils supposaient.

J'espère que vous n'allez pas vous imaginer
que ces ennuis m'ont embêté personnellement ;
j'ai beaucoup regretté le fiasco de nos démarches
– pour vous ; – quant au contact avec les puis-
sants du jour – je dirais presque que cela m'a
amusé – car j'ai vu un assez joli dessous de cartes.

Allons – n'en parlons plus – et laissez-moi
vous embrasser encore une fois.

Votre
Iv. Tourguéneff

196 – Flaubert à Tourgueniev

[Croisset]
Vendredi, 5 h[eures] [14 février 1879]

Mon cher vieux,
J'en fais mon deuil, sans le moindre effort. – &
au fond (vous me reconnaîtrez là, vous qui êtes
psychologue), je n'en suis *peut-être* pas fâché.
N.B. D'ailleurs, les appointements sont
médiocres ; la place, me forçant à un plus long
séjour à Paris, n'eût fait que me rendre plus
misérable. – Car je vis à Croisset mieux et à
meilleur marché que dans la capitale. Donc,
tant que je n'aurai pas une vraie *sinécure* me
donnant environ 6 mille fr[ancs], au moins,
mieux vaut rester tranquille. Dites-le aux amis
Charpentier et Zola, dont la conduite m'atten-
drit. Ne serait-il pas convenable que je leur
écrivisse ? & à Mme Adam ? (Ceci est plus
grave).
J'aurais été *désolé* si, dans votre zèle, vous
fussiez allé voir Baudry, – qui se conduit avec
moi comme un véritable cochon. – Étant parfaitement libre envers lui, je pourrai au moins lui

exprimer mon opinion sur son compte. Il doit savoir cependant qu'on a fait des démarches p[ou]r moi ? Au reste, je m'en fiche. S'il m'en parle, *y accuserai* les amis – & puis, chacun p[ou]r soi.

Je ne dirai rien à Zola de l'envoi du dossier.

Donc, mon bon vieux, *cessation immédiate de toute intrigue*, jusqu'à votre retour. Voilà le mot d'ordre.

J'ai peur que Mme Adam ne tripote en votre absence, & qu'un de ces jours il ne me tombe une position dérisoire que je refuserais. – Alors, j'aurais [l'air] d'un ingrat & d'un grincheux.

Comment faire p[ou]r que cela ne soit pas ? Je laisse le moyen à votre judiciaire. Mais vous devez être bien ahuri par les apprêts de votre départ. Donnez-moi de vos nouvelles fréquemment, ou priez de ma part Mme Viardot de m'en envoyer dès qu'elle en aura. – La peste va m'inquiéter. Voilà comme je suis !

Ma botte en dextrine me faisant souffrir atrocement, on me l'a fendue du h[au]t en bas, puis resserrée avec une bande ; & du côté de la jambe, ça va bien. – Mais je suis *très faible*, – et l'état nerveux est mauvais. – Sans que j'aie sur la peau le moindre bouton, je passe les nuits à me gratter & je ne dors presque pas. Il me faudrait prendre des bains, ce qui est impossible. – Mon plus g[ran]d soulagement est de ne plus me servir du *plat-bassin* !

Je n'ose vous prier encore de m'envoyer un petit mot avant votre départ. Cependant ?... Allons, adieu. Portez-vous bien, & revenez vite.

Je vous embrasse à pleins bras.

Votre vieux
Gve Flaubert

Un Rouennais, le sénateur *Cordier*, que je tutoie, est venu me voir lundi. Comme il est très bien avec Ferry, je l'avais prié de lui parler. – Je lui écris de se tenir tranquille.

197 – Tourgueniev à Flaubert

I T [initiales entrelacées]
50, RUE DE DOUAI
PARIS
Samedi matin [15 février 1879]

Mon cher ami,

Je pars dans une heure et n'ai que le temps juste de vous dire combien je suis content de la façon dont vous prenez toute cette affaire. – Vous ferez bien d'écrire deux mots à Charpentier et à Zola. – Quant à Mme Adam, peut-être vaut-il mieux se taire.

On verra, quand je serai de retour – dans 5 ou 6 semaines. Peut-être serez-vous déjà à Paris dans ce temps-là.

Je vous écrirai de *Moscou*. En attendant, je vous embrasse.

Votre
J. T.

198 – Tourgueniev à Flaubert

ST. PETERSBURG HOTEL
U. D. LINDEN, 31
BERLIN
Berlin
Mardi, 18 févr. 79

Mon cher ami,

Vous imaginez-vous l'embêtement que m'a causé l'article du *Figaro* – dont je n'ai eu connaissance que dimanche, en chemin de fer, à je ne sais plus quelle station ? Cet embêtement a surtout été grand par l'idée de celui que vous avez dû éprouver. Je me donne au diable – si je sais qui peut être ce Mr Aristophane. Ma visite à Mme E[dmond] A[dam] a eu lieu mercredi soir – je n'ai pas bougé de la maison ni jeudi ni vendredi, grâce à un terrible rhume de cerveau – et samedi je suis parti pour la Russie. – Je n'ai parlé de cette affaire qu'à Viardot et sa femme – et à Zola ; ce ne sont pas ceux-là qui correspondent avec *Le Figaro*. – Enfin – il est dit que tout doit mal marcher dans cette affaire.

Je suis ici depuis hier soir ; je pars aujourd'hui pour Pétersbourg, où je compte arriver après-demain ;

dimanche je suis à Moscou – et lundi ou mardi je vous écrirai.

En attendant, portez-vous bien – c'[est] – à-d[ire] marchez sans béquilles et ne m'en voulez pas. – Je vous embrasse.

Votre
Iv. Tourguéneff

199 – Flaubert à Tourgueniev

[Croisset]
lundi 7 [avril 1879]

Mon bon cher vieux,

Je lis dans le *Temps* de dimanche (hier) que M. Tourgueneff est revenu à Paris.

Il me tarde de vous embrasser. Quand venez-vous ? (Selon votre promesse du mois de février). Nous en avons long à dégoiser !

Ma nièce, qui a passé la semaine avec moi, vient de partir il y a une heure. J'attendais son départ pour dire à Zola et à Charpentier qu'ils peuvent maintenant me faire leur visite. Mais comme je tiens avant tout à la vôtre, j'attends un mot de vous pour leur *assigner* un jour. Qui vous empêche de venir tout de suite ? En tout cas, un mot n'est-ce pas ?

Je vous embrasse.

Votre vieux
G. Flaubert

éclopé. Hier, je me suis fait arracher une de mes dernières dents, et aujourd'hui j'ai une grande douleur de reins, un lumbago.

200 – Flaubert à Tourgueniev

[Croisset]
Mercredi 3 heures [9 avril 1879]

Nos deux lettres se sont croisées, mon bon cher vieux. Je ne pourrai pas aller à Paris avant *un mois ou six semaines*. Attendre à vous voir jusque-là serait bien long.

Dites-moi quand je dois avoir enfin le plaisir d'embrasser mon Tourgueneff, parce qu'après votre visite j'écrirai à Zola et à Charpentier de venir déjeuner à Croisset.

Arrangez-vous 1° pour rester quelque temps sous mon toit : nous avons démesurément à causer !

et 2° j'ai à vous lire trois chapitres.

D'ici là je vous embrasse.

Votre
Gve Flaubert

Popelin m'a écrit ce matin que le portrait de M. Cloquet par ma nièce était reçu. Tant mieux ! Remerciements à Viardot.

201 – Tourgueniev à Flaubert

I T [initiales entrelacées]
50, RUE DE DOUAI
PARIS
Samedi matin [26 avril 1879]

Mon cher vieux,

C'est pour le coup que vous allez me traiter de poire molle, de chiffon, de loque, etc. – et j'ajoute que vous aurez raison. – Cependant, écoutez-moi *avant* de frapper. (Je me distingue en ceci de Thémistocle. – Tout mon monde part aujourd'hui – et j'aurais été libre – mais Paul Viardot donne demain son concert (ce que j'avais oublié) – et je ne puis me dispenser d'y assister. – Mardi soir je dois faire une lecture (à notre Société de protection des artistes russes) – dans un but de bienfaisance ! – Je pourrais donc venir mercredi… Mais à un dîner sardanapalesque que Zola nous a donné avant-hier – il a été arrangé que lui, Daudet, Goncourt et moi, nous irions chez vous *dimanche* (pas demain, une semaine plus tard) – nous arriverions pour le déjeuner – ils repartiraient le soir – et moi, je resterais avec vous toute la journée de lundi. – À présent – comme vous avez le droit de ne plus avoir confiance en moi – je me soumets humblement à vos invectives. – Mais je crois cette fois-ci que la chose tiendra bon !

Et sur ce, je vous embrasse et suis

Votre
Iv. Tourguéneff

[Croisset]
Dimanche matin [27 avril 1879]

Non, je ne vous invectiverai pas ; mais si vous saviez *le mal nerveux* que vous me faites, vous auriez des remords. J'omets les malédictions de ma cuisinière à votre adresse.

Vos motifs me semblent grotesques, mon cher ami. Il me semble, par exemple, que le jeune Viardot peut jouer du violon sans vous, et que votre compagnie ne lui est pas indispensable.

Franchement, vous êtes désagréable en proportion de la tendresse que j'ai pour vous, ce qui est beaucoup dire. Vous promettez votre visite pendant des mois ; vous manquez à votre parole, *toujours* ; puis, à peine arrivé, quand on croit vous tenir, vous repartez bien vite. Non ! non ! ce n'est pas gentil.

J'ignore ce qui a été décidé au dîner sardana-palesque de Zola. Mais, mon bon, comme je ne possède pour toute livrée qu'un seul domestique, qui est une femme, elle ne peut faire et servir un déjeuner pour six personnes. Il *faut* (!!!!) que je reçoive mes amis l'un après l'autre, et non tous à la fois.

Et puis, comment ! vous n'avez pas compris, vous, mon cher bon vieux, que mon bonheur serait gâté si je vous voyais arriver avec d'autres. On ne tire pas un coup en public, nom de Dieu !

Mais vous êtes l'homme « des parties de plaisir »,
– tous les vices.

Bref, faites comme il vous plaira. Venez quand
vous serez libre de toutes vos obligations, et ne
me tourmentez plus en m'annonçant des joies
qui ne se réalisent point.

Là-dessus, mon bon, je vous embrasse.

Votre vieux
G. Flaubert
blessé.

203 – Tourgueniev à Flaubert

I T [initiales entrelacées]
50, RUE DE DOUAI
PARIS
Mercredi matin [7 mai 1879]

Mon cher vieux,

Les « sprotten » n'arrivent que dans une
semaine ; – en attendant je vous ai envoyé
d'autres poissons suédois qui pourtant ne valent
pas les « sprotten ». – Les deux livres partent
aujourd'hui – et je verrai aujourd'hui votre nièce.
– Les 3 chapitres que vous m'avez lus m'ont
fait le plus grand plaisir, surtout le 2e et le 3e.
– Travaillez ferme, remontez-vous le moral, et
arrivez ici dès que vous le pourrez.

En attendant – je vais aussi tâcher de travailler, et je vous embrasse.

Votre
Iv. Tourguéneff

204 – Flaubert à Tourgueniev

[Croisset]
jeudi matin [8 mai 1879]

J'ai reçu hier les deux boîtes, mon cher vieux. L'une est même à demi dévorée. Merci du cadeau. Mais encore plus merci pour les trente-six heures passées près de moi. Votre départ m'a laissé bien triste. « Ça ne va pas ». Je me sens profondément atteint. Ma vie est trop peu semée d'agréments. Et quant à mon bouquin, il m'accable. Le résultat, quel qu'il soit, ne compensera pas l'effort.

Aimez-moi toujours, mon cher grand. Je vous embrasse tendrement.

Votre
Gve Flaubert

205 – Tourgueniev à Flaubert

I T [initiales entrelacées]
50, RUE DE DOUAI
PARIS
Dimanche matin [25 mai 1879]

Mon cher vieux,

J'ai besoin d'avoir de vos nouvelles. – Faites-moi savoir : 1°) Si vous avez *quelque chose* à me dire ? Une *amélioration* s'est-elle produite dans vos affaires ? – 2°) Comment va la santé ? le travail ? – 3°) Venez-vous à Paris et quand ? À partir de vendredi je suis à Bougival. J'ai une chambre à vous y offrir. L'air est bon là-bas et il y a de grands divans sur lesquels on peut s'étendre de tout son long. Mais écrivez vite. – En attendant, je vous embrasse.

Votre
Iv. Tourguéneff

206 – Flaubert à Tourgueniev

[Croisset, 26 mai 1879]

Mon cher bon vieux,

À moins que la terre ne soit écroulée la semaine prochaine, vous me verrez au milieu de ladite semaine.

Dès que je serai à Paris, un mot de moi vous préviendra.

J'achève la *Magie* de *B. & P.* & je n'en peux plus !

Je vous embrasse fortement.

Votre
Gve Flaubert.
Lundi 26

207 – Flaubert à Tourgueniev

[Paris]
240, rue du faubourg Saint-Honoré
lundi 2 juin [1879]

Mon vieux chéri,

Me voilà arrivé depuis hier au soir. Comment nous voir ? Mon intention est bien d'aller à Bougival, mais pas immédiatement, car je suis accablé déjà de courses et de rendez-vous. Tous les jours de cette semaine je dîne en ville.

Avez-vous un jour où vous veniez à Paris ? Je n'ose vous donner un rendez-vous, de peur d'y manquer. Je rentre ordinairement vers trois ou quatre heures, pour reposer ma patte. À cette heure-là, vous auriez la chance de me trouver.

Dimanche prochain, je ne bougerai pas de toute la journée. Je compte donc sur vous ce jour-là, au plus tard. D'ici là je vous embrasse.

Votre
G. Flaubert

208 – Tourgueniev à Flaubert

[Paris, 5 juin 1879]

Gustave Flaubert, 240, Faubourg St-Honoré, Paris. – Dimanche pour sûr, demain passerai vers quatre heures.

Tourguéneff

[À l'encre : S 67 33 14 70 8 hs.15]

[Cachets : rue de Clichy. Paris. 5 juin 79]

209 – Flaubert à Tourgueniev

[Paris]
Vendredi matin [13 juin 1879 ?]

Votre télégramme d'hier n'est pas clair. « Venez demain ». Où venir ? À Bougival ? Cela m'est impossible. Si c'est à Paris, très bien, Donc, demain, à tout hasard, je sonnerai à votre porte, rue de Douai, dans l'après-midi vers trois heures. Mais ne vous dérangez pas pour moi, parce que je ne pourrai vous consacrer que peu de temps.

Tout à vous, mon bon.

Gve Flaubert

Bougival
Les Frênes
Vendredi soir, ce 13 juin 79

Mon bon vieux,
Je pars probablement demain soir pour Londres. Dans tous les cas, je ne pourrai pas dîner avec vous et je remets ce grand plaisir à mon retour, qui aura lieu dans une semaine. Ne me grondez pas trop – et quand je vous dirai le pourquoi – vous ne m'en voudrez pas. – En attendant je vous embrasse.

Votre Iv. Tourguéneff

P.S. Il me semble qu'il [y] a un changement pour le mieux dans vos affaires. – Je m'en réjouis *beaucoup*.
P.(P.)S. Si je ne pars pas samedi, je viendrai vous voir dimanche.

211 – Tourgueniev à Flaubert

I T [initiales entrelacées]
BOUGIVAL
LES FRÊNES
Chalet
(Seine-et-Oise)
Jeudi, 7 août 79

Mon cher ami,

Décidément, il y a trop longtemps que je n'ai eu de vos nouvelles. Écrivez-moi deux mots sur ce que vous faites, comment vous vous portez, etc., etc. Quant à moi, je vais physiquement très bien ; pour ce qui est de l'état de mon *âme* – vous pouvez vous en faire une idée exacte – en soulevant le couvercle d'une fosse d'aisance – et en regardant dedans ; encore faut-il que ce ne soit pas un « water-closet » anglais : ils sont généralement propres.

Tout mon petit monde d'ici vous envoie ses meilleures amitiés ; – je le fais aussi – du fond de mon *spleen* – car je vous aime bien, vous le savez.

Votre
Iv. Tourguéneff

212 – Flaubert à Tourgueniev

[Croisset]
Samedi 6 h[eures du] soir [9 août 1879]

Ah ! enfin ! j'ai de vos nouvelles, mon cher bon vieux ! – Vous vous embêtez donc bien fort ? Mais je préfère l'état *latrineux* de votre âme à l'état goutteux de votre corps.

Vos souffrances morales viennent peut-être de votre bonnet de docteur ? – ou bien de ce que vous n'avez pas l'occasion de me manquer de parole. J'attends même la justification de votre dernière traîtrise, car vous deviez dîner chez moi un certain samedi du mois de juin. Depuis lors, plus de bonhomme !

Quant à moi, *B. & P.* m'épuisent. Je n'ai plus que quatre pages p[ou]r avoir fini mon chapitre de la Philosophie. – Après quoi, je commencerai l'avant-dernier chapitre ! Ces deux derniers me mèneront jusqu'au mois de mars ou d'avril. Puis, restera le second volume ! Bref, dans un an, j'y serai encore attelé. Il faut avoir le génie de l'ascétisme pour s'infliger de pareilles besognes ! En de certains jours, il me semble que je suis saigné aux quatre membres & que ma crevaison est imminente. Puis je rebondis et je vais *quand même*. Voilà.

Vous apprendrez avec plaisir qu'il y a un peu de bleu dans l'horizon financier de ma vie. Commanville est parvenu à remonter une scierie.

Le voilà re-embarqué. Pourvu qu'il ne sombre pas encore une fois ! Mais je crois que non : l'affaire me paraît bonne.

Ma nièce ne va pas très bien. Elle est anémique & en proie à des migraines presque continuelles.

Aucune révélation des amis.

Si vous êtes à Paris vers le milieu de 7-bre, j'espère vous y voir quand je serai à S[ain]t-Gratien chez la princesse.

Vous ne m'avez pas l'air très occupé. *Donc*, rien ne vous empêche de m'écrire longuement. Faites-le, ce sera une bonne action.

Amitiés & respects à tous les vôtres.

Je vous embrasse tendrement.

Votre vieux
Gve Flaubert

213 – Flaubert à Tourgueniev

[Croisset]
Mardi [26 août 1879]

Mon bon,

C'est Mme Régnier qui en est cause. Elle a affirmé à Caroline que vous aviez l'étoile des braves, tandis que vous êtes simplement décoré des palmes universitaires ! – Ô ironie !

Je sais indirectement par Maupassant que vous allez bien.

Je serai jeudi soir à Paris, vers 5 heures. Voulez-vous venir me prendre entre 5 & 6 p[ou]r dîner avec moi & le sieur Guy – ou bien déjeuner le vendredi matin ? – Présentement je n'ai pas d'autre jour à vous donner.

Un mot de réponse s.v.p., chez moi à Paris, de manière à l'avoir quand j'arriverai.

Tâchez de venir jeudi.

D'ici là je vous embrasse.

Votre vieux
Gve Flaubert

214 – Flaubert à Tourgueniev

[Croisset]
Vendredi soir [29 août 1879]

Mon bon vieux,

Dans q[uel]ques jours, quand je serai revenu à Paris, je vous écrirai et nous tâcherons de nous réunir, nom d'un pétard !

Maupassant m'a dit que vous vous disposiez à chercher « le silence du cabinet » jusque dans le fin fond de la Russie ! Je trouve cela gigantesque !

Mme Adam m'a prévenu (par une lettre que j'ai trouvée, hier soir, sur ma table, et tantôt de vive voix) que j'aurais à corriger une de vos œuvres. Qu'y a-t-il de vrai là-dedans ?

Il me tarde bien de vous lire la philosophie de *B. et P.*

Dans une quinzaine, & même avant cela, je vous préviendrai.

Écrivez-moi ici à Paris.

Je vous embrasse très fort.

Votre
Gve Flaubert

215 – Tourgueniev à Flaubert

I T [initiales entrelacées]
BOUGIVAL
LES FRÊNES
Chalet
(Seine-et-Oise)
Samedi, 30 août 79

Mon bon vieux.

C'est entendu – et j'attendrai votre signal pour accourir.

J'ai, en effet, l'intention d'aller en Russie – non pour y travailler – par exemple ! – mais tout bonnement pour respirer *l'air natal* du Marseillais. – Cette décision m'a fait sortir de l'exaspération nerveuse, dans laquelle je me consumais, pour parler à la Prud'homme. – Riez, si vous voulez – mais l'idée de me plonger dans ce bourbier – jusqu'au cou – m'a calmé. Ce que c'est que la nature humaine ! – dirait le même Prud'homme.

J'ai dû promettre un petit récit de 10 pages à Mme Adam – et je me suis permis de lui dire que je comptais soumettre cette œuvre capitale à votre révision. – Vous voilà prévenu et vers la fin de novembre je fonds sur vous avec mon manuscrit !

Il me tarde – à moi aussi – de faire connaissance avec la philosophie de B[ouvard] et P[écuchet] !

Tout cela dépend de vous.

J'attends – et en attendant je vous embrasse.

Votre

Iv. Tourguéneff

P.S. J'ai lu les premiers feuilletons du roman de Daudet ????

216 – Flaubert à Tourgueniev

[Paris]

Jeudi 11 7-bre [1879]

Mon vieux chéri,

Répondez-moi, *tout de suite*, à la question suivante :

Voulez-vous, *lundi* prochain, venir me prendre chez moi, vers 11 heures ? Nous déjeunerons ensemble, puis je vous lirai mon chapitre. – Après quoi, je m'en irai à S[ain]t-Gratien, où je dois être vers 5 heures. Si vous ne pouviez lundi, voulez-vous dîner samedi ? (De samedi en huit). Mais c'est lundi prochain qui me botterait le mieux.

Tout à vous

Gve Flaubert

I T [initiales entrelacées]
BOUGIVAL
LES FRÊNES
Chalet
(Seine-et-Oise)
Jeudi, 6 nov. 79

Voyons, mon bon vieux, il faut pourtant que je vous écrive et que je sache ce que vous faites. – Quant à moi, je n'ai pas bougé d'ici – et ça n'a pas très bien marché ici. – La seconde fille de Mme Viardot a mis au monde – assez laborieusement – une petite fille – il y a un mois de cela – la mère et l'enfant se portent bien ; – mais sa fille aînée (Jeanne) a attrapé la scarlatine – voici 3 semaines qu'elle est séquestrée – et cela durera encore autant. – Marianne est fortement grippée et ne peut pas sortir. – Mr et Mme Viardot sont retournés à Paris depuis lundi – et je reste ici, comme une vieille huître qui ne bâille pas même au soleil. – Mon cœur aussi me donne des ennuis – avec des palpitations, des crampes nocturnes, etc.

J'ai fini la traduction du petit article pour la revue de Mme Adam – et je vous l'enverrai – ou le porterai moi-même, pour que vous y fassiez les corrections nécessaires. – Je vous en informerai d'avance et je vous remercie dès à présent. La chose est très courte.

Je ne crois pas que j'aie jamais lu quelque chose d'aussi parfaitement *ennuyeux* que *Nana* (ceci – entre nous). C'est à périr de terre à terre, de méticulosité ; et les quelques gros [mots] qui s'[y] trouvent, comme autant de grains de poivre, ne suffisent pas à relever le goût insipide de cette bouillie.

Il paraît que c'est aussi un four – dans l'opinion générale.

Je vous embrasse – à bientôt en tout cas.

Votre

J. Tourguéneff

218 – Flaubert à Tourgueniev

[Croisset, 8 novembre 1879]

Mon vieux chéri,

Envoyez-moi ou mieux apportez-moi votre travail quand il vous plaira. Ne me faites aucune promesse, ne m'annoncez pas votre voyage. Prévenez-moi vingt-quatre heures d'avance & *arrivez*, voilà tout ce que je vous demande.

B[ouvard] et P[écuchet], qui vous présentent leurs respects, sont maintenant en pleine dévotion. Ils vont « s'approcher de la s[ain]te table ». Je crois que ce chapitre de la Religion ne me fera pas bien voir de MM. les ecclésiastiques ? Je suis gorgé de lectures pieuses ! – Enfin, au jour de l'An, j'espère entamer le dernier chapitre,

& quand ce sera fini, j'en aurai encore p[ou]r 6 mois.

Ma nièce me quitte dans huit jours, & je vais être seul jusqu'au printemps. Ce soir j'aurai la visite du jeune de Maupassant. Voilà tout, mon bon.

Je n'ai lu de *Nana* que cinq ou six feuilletons ; conséquemment, ne puis en parler. Mais je me suis délecté dans le volume de Renan, – quel bijou d'érudition !

Dites chez vous tout ce que vous pourrez trouver de plus aimable, en commençant par Mme Viardot p[ou]r finir à la dernière-née.

Je vous embrasse bien tendrement.

Votre vieux
G. Flaubert

Vous ne me parlez pas de la goutte. Donc elle est absente ? – Tant mieux.

Moi aussi, je me sens parfois bien vieux, bien las, éreinté jusqu'aux moelles. N'importe ! – je continue, & je ne voudrais pas crever avant d'avoir déversé encore q[uel]ques pots de *merde* sur la tête de mes semblables.

Cela seul me soutient.

219 – Tourgueniev à Flaubert

I T [initiales entrelacées]
BOUGIVAL
LES FRÊNES
Chalet
(Seine-et-Oise)
Jeudi, 13 nov. 79

Mon cher bon vieux,

Je porterai en personne à Croisset les épreuves de ma petite machine. Ça aura lieu vers le commencement de décembre, car la chose elle-même ne paraîtra que dans la livraison du 15. Vous serez averti 24 heures à l'avance.

Savez-[vous] ce que nous lisons depuis 6 jours avec enchantement, avec ravissement ? – *L'Éducation Sentimentale !* Après nos autres lectures (il est vrai qu'il y avait là des romans de la *Revue des 2 Mondes* – c'est tout dire) – cela nous semble merveilleux ! – Dans ce diamant il y a pourtant une tache, une seule : c'est la description du *chant* de Mme Arnoux. 1°) Telle qu'on se la figure – elle devrait chanter autrement et autre chose ; 2°) une voix de *contralto* ne peut pas chercher ses effets dans des notes *hautes*, la troisième encore plus *haute* que les deux premières ; 3°) il aurait fallu préciser musicalement ce qu'elle chante – sans cela l'impression reste vague et même un tout petit peu comique. – C'est ce que

281

vous n'avez pas voulu, n'est-ce pas ? – Mais vous vous rappelez le vers classique :

« *Ubi plura nitent in carmine…* » etc.

Je souhaite à B[ouvard] et P[écuchet] la contrition nécessaire pour leur grande action religieuse – plus elle sera intense, plus vigoureusement ils regimberont après.

Ma santé va bien – ma goutte se tait, mais il y a toujours des malades dans la maison. – J'ai transmis aux Viardot vos bonnes paroles – et ils vous en remercient.

Je vous embrasse bien amicalement.

Votre
Iv. Tourguéneff

220 – Flaubert à Tourgueniev

[Croisset]
Mercredi 19 [novembre 1879]

Mon vieux chéri,

Sans doute, le passage en question n'est pas fort ! Je le trouve même un peu coco. Cependant, une voix de contralto peut faire des effets de *haut*, témoin l'Alboni ? & au fond vous me paraissez sévère ? Notez, p[ou]r me disculper, que mon héros n'est pas un musicien & et que mon héroïne est une personne médiocre. – N'importe ! Ce paragraphe, entre nous, m'a toujours embêté.

En le faisant, j'ai dû être gêné par des souvenirs contradictoires.

Je suis bien aise de l'impression que vous cause *l'Éducation Sentimentale*. Sans être un monstre d'orgueil, j'estime que ce livre a été mal jugé, sa fin surtout ! De cela, je garde rancune au public.

Ce qui serait gentil, puisque vous m'annoncez votre visite p[ou]r le mois de décembre, ce serait de venir le *12*, anniversaire de ma naissance. Nous célébrerions ou plutôt déplorerions ensemble cet événement – peu considérable.

Ma nièce est à Paris depuis dimanche – & voici le commencement de ma solitude. – Maintenant je suis à la moitié de ma Religion ! Quel fardeau que ce bouquin-là, mon cher ami !

Je lis [avec] avidité l'histoire de votre nihiliste, dans *Le Temps*. Est-il possible, ô Jésus, de faire souffrir aussi atrocement des créatures vivantes !

Mme Adam m'a écrit p[ou]r que je *patronne* les inondés de Murcie ! Je ne demande pas mieux, mais en quoi consiste [nt] mes fonctions ? Elle n'a pas, jusqu'à présent, répondu à cette question. Il m'est revenu que *Nana*, en somme, n'a pas de succès. Est-ce vrai ?

Quand vous n'aurez mieux à faire, écrivez à votre

Gve Flaubert
qui vous chérit & vous embrasse.

221 – Tourgueniev à Flaubert

Bougival
Les Frênes
Dimanche, 23 nov. 79

Mon bon vieux !

Certainement je viendrai à Croisset le 12 – avec deux bouteilles de champagne sous le bras – pour fêter la… quantième année de votre existence ? Il y a juste quinze jours – au 9 novembre – j'en ai eu *61* !

Vous aurez les épreuves de ma machine pour la *Nouvelle Revue* – dès les premiers jours de décembre – et corrigez ferme, si vous trouvez quelque chose qui ne soit pas tout à fait bien.

Je suis, comme vous, un des patrons de la fête pour les inondés de Murcie. (La date de cette fête est fixée au 11 nov[embre]. Tout ce que nous aurons à faire (car je présume que vous accepterez) – c'est de mettre un habit, une cravate blanche – et d'*honorer* la fête de notre présence, avec un petit ornement distinctif à la boutonnière. – Vous voyez que ça n'est pas difficile. – Il vous faudrait pour cela envoyer votre acceptation – et puis venir à Paris le 11 ou le 10 au soir – et nous repartirions ensemble pour Croisset – le 11 au soir ou bien le 12 de grand matin. – Voilà !

Nous continuons à lire *en famille* l'*Éducation* – et toujours avec le même plaisir.

Non, *Nana* n'a pas de succès. Il y avait pourtant deux bien jolis chapitres, il y a de cela quelques jours. Mais – en somme – c'est ennuyeux – et ce qui déplairait surtout à Zola – c'est tout ce qu'il y a de moins naïf – tendancieux (dit-on : tendancieux ?) en diable !

J'ai un rendez-vous demain avec votre nièce. – Je quitte la campagne vers la fin de cette semaine.

Au revoir bientôt – je vous embrasse.

Votre
Iv. Tourgéneff

222 – Flaubert à Tourgueniev

[Croisset, 2 décembre 1879]

Un mot seulement !

Mme Adam m'écrit qu'elle va m'envoyer votre œuvre en épreuve, & que j'aie à la lui renvoyer tout de suite.

Mais non ! n'est-ce pas ? – À vous d'abord. – Et puis, il me semble que nous en causerions bien mieux de vive voix que par lettre.

Apportez-moi donc la chose le 12 courant, le vendredi en huit.

B. & P. m'éreintent ! Franchement je n'en peux plus !

Il me reste assez de forces p[ou]r vous embrasser.

À bientôt.

Votre vieux
Gve Flaubert
Mardi 2 X-bre

223 – Tourgueniev à Flaubert

Paris
50, rue de Douai
Mardi, 2 déc. 79

Voici, mon bon vieux, la corvée dont je vous avais parlé, qui vous tombe sur la tête. – Et voici ce que je demande de votre amitié. – Lisez cette petite bêtise, corrigez, changez, coupez ce que vous voulez – et renvoyez-la-moi dès demain, si c'est possible !! Je vous en serai reconnaissant – autant qu'on peut l'être.

Me voici de retour à Paris – depuis deux jours. Vous ne m'avez pas dit si vous approuvez mon projet – pour vous – de venir ici le 11 ? – Dans tous les cas, je passe la journée du 12 à Croisset. – C'est une affaire arrangée.

Mille remerciements d'avance – et je vous embrasse.

Iv. Tourguéneff

224 – Flaubert à Tourgueniev

[Croisset, 3 décembre 1879]

En même temps que ceci, vous recevrez votre *paquet*.

Ci-inclus un petit mot d'explications.

Non ! je n'irai pas à Paris p[ou]r les Espagnols, ce serait trop bête.

Mais je vous attends le 12.

B & P. ne marchent pas roide. Le temps m'attriste. & puis je suis abruti par mes lectures. Mais Dieu merci, elles sont finies !

Je vous embrasse,

votre vieux
Gve Flaubert.
Mercredi 5 h. du soir

225 – Flaubert à Tourgueniev

[Croisset, 8 décembre 1879]

C'est entendu, convenu, *juré,* & ne manquez pas, nom de Dieu ! vous feriez une mauvaise action.

Donc, vendredi prochain, 12 courant, je vous attends p[ou]r dîner.

& Arrangez-vous de façon à rester jusqu'à lundi. Ayez cette obligeance, *je vous en prie.* Nous avons tant à nous en conter ! & Je suis si vertueux que je mérite beaucoup de douceurs.

D'ici là, je vous embrasse.

Votre vieux
Gve Flaubert
Lundi soir, 8 X-bre

[Croisset]
Vendredi 26 X-bre [1879]

Homme généreux,

Je n'ai pas encore reçu le caviar ni le saumon. Par quelle voie avez-vous expédié ces deux boîtes ? Mon estomac est rongé d'inquiétudes !

Votre voyage en Russie m'embête extraordinairement, mon pauvre vieux. Il me semble que ce départ-là est plus sérieux que les autres. Pourquoi ? Est-il vraiment bien utile, indispensable ? Arrangez-vous p[ou]r que votre absence ne soit pas longue, & revenez vite en France où sont vos amitiés & vos tendresses.

Je prépare maintenant les 8 dernières pages de ma Religion. J'ai peur que ce chapitre-là ne soit bien sec.

Je vous embrasse bien fort.

Votre
G. Flaubert

227 – Tourgueniev à Flaubert

I T [initiales entrelacées]
50, RUE DE DOUAI
Paris
Samedi matin [27 décembre 1879]

Mon bon vieux,

Le caviar et le saumon ont été envoyés il y a *4 jours* – à l'adresse de Mr *Pilon*, Rouen, quai du Havre – pour être remis à Mr G. F[laubert]. (Cette adresse m'a été donnée par Commanville.) – Prenez les informations nécessaires. – Je regretterais surtout la perte du saumon, qui était splendide.

Le froid qui règne me glace – et m'abêtit. Cependant, j'ai déjà commencé mes préparatifs de départ. – « Le vin (quel vin !!) est tiré – il faut le boire. »

Je vous enverrai sous peu un roman en 3 vol. du Cte Léon Tolstoï, que je regarde comme le premier écrivain contemporain – vous savez quel est, dans mon opinion, celui qui pourrait lui disputer ce rang. Malheureusement, la traduction est faite par une dame russe... et je crains en général les dames qui traduisent, surtout quand il s'agit d'un écrivain aussi énergique que l'est Tolstoï.

En attendant, je vous embrasse

Votre J.T.

228 – Flaubert à Tourgueniev

[Croisset, 28 décembre 1879]

Hier soir, j'ai reçu la boîte. Le saumon est magnifique, mais le caviar me fait pousser des cris de volupté.

Quand en mangerons-nous ensemble ? Je voudrais que vous fussiez parti & revenu ! Là-bas, au moins, écrivez-moi !

Ce soir, il a l'air de dégeler. Serait-ce vrai ?

Quant au roman de Tolstoï, faites-le remettre chez ma nièce. Commanville me l'apportera.

Tout à vous, mon cher vieux.

Votre vieux
vous embrasse
Dimanche soir

229 – Flaubert à Tourgueniev

[Croisset]
Mardi soir [6 janvier 1880]

Merci ! trois fois merci !

Ô saint Vincent de Paul des comestibles ! Ma parole d'honneur ! vous me traitez en bardache ! C'est trop de friandises. Eh bien, sachez que, le caviar, je le mange à peu près sans pain, comme des confitures.

Quant au roman, ses trois volumes m'effraient – trois volumes, maintenant, en dehors de mon travail, c'est rude. N'importe, je vais m'y mettre. Comme à la fin de la semaine prochaine je compte avoir *terminé mon chapitre* (!!!) avant de commencer l'autre, ce sera une distraction.

Quand partez-vous, ou plutôt quand revenez-vous ? C'est bête de s'aimer comme nous faisons & de se voir si peu.

Je vous embrasse.

Votre vieux
Gve Flaubert

230 – Flaubert à Tourgueniev

[Croisset]
Mercredi soir [21 janvier 1880]

Deux mots seulement, mon bon cher vieux,

1° Quand partez-vous, ou plutôt non : quand revenez-vous ? Êtes-vous moins inquiet sur les conséquences de votre voyage ?

2° Merci de m'avoir fait lire le roman de Tolstoï. C'est de premier ordre ! Quel peintre et quel psychologue ! Les deux premiers volumes sont *sublimes*. Mais le 3e dégringole affreusement. Il se répète ! et il philosophise ! – Enfin on voit le monsieur, l'auteur & le Russe, tandis que jusque-là on n'avait vu que la Nature & l'Humanité. – Il me semble qu'il y a parfois des choses

à la Shakespeare ? – Je poussais des cris d'admi-
ration pendant cette lecture. & elle est longue !

Parlez-moi de *l'auteur*. Est-ce son premier
livre ? En tout cas, il a des *boules* ! Oui ! c'est
bien fort ! bien fort !

J'ai fini *ma Religion* & je travaille au plan de
mon dernier chapitre : *l'Éducation*.

Ma nièce est venue passer ici trois jours pleins.
– Elle est repartie ce matin, – & elle gémit sur
l'abandon où la laisse notre g[ran]d ami, le g[ran]
d Tourgueneff,

que j'embrasse tendrement.

Son vieux
Gve Flaubert

231 – Tourgueniev à Flaubert

I T [initiales entrelacées]
50, RUE DE DOUAI
PARIS
Samedi, 24 janv. 80

Mon bon vieux,

Vous ne pouvez vous imaginer quel plaisir m'a
fait votre lettre et ce que vous dites du roman
de Tolstoï. – Votre approbation fortifie mes idées
sur lui. – Oui, c'est un homme très fort – et
pourtant vous avez mis le doigt sur la plaie : il
s'est fait, lui aussi, un système de philosophie, à
la fois mystique, enfantine et outrecuidante, qui

a diablement gâté et son troisième volume et le second roman qu'il a écrit après *La Guerre et la Paix* – et où il se trouve aussi des choses absolument de *premier ordre* – Je ne sais ce que diront M^s les critiques (j'ai envoyé aussi *La G[uerre] et la P[aix]* à Daudet – et à Zola – mais pour moi la chose est décidée : *Flaubertus dixit*. – Le reste n'a pas d'importance.

Je suis heureux de voir que vos bonshommes avancent.

Je quitte Paris dans le courant de la semaine prochaine – mais je me rappellerai à votre souvenir avant de m'en aller. En attendant, je vous embrasse.

Votre Iv. Tourguéneff

232 – Flaubert à Tourgueniev

[Croisset]
Jeudi 4 mars [1880]

Mon vieux chéri,

Du moment que vous êtes en Russie, comme vous ne me donnez plus de vos nouvelles, la correspondance reprend entre moi & Mme Viardot

Une lettre d'elle me dit que vous avez une sciatique, que vous êtes triste, que vous vous embêtez, etc., & elle m'engage à vous écrire p[ou]r vous distraire. Que ne puis-je, mon pauvre vieux, vous envoyer toutes les fleurs du monde & de la vie.

Que vous apprendre ? La nomination de Du Camp à l'Académie française ! vous la connaissez, bien sûr ? – Elle me donne le vertige… P[ou]rquoi « briguer cet honneur » ? Comme les hommes sont farces !

J'ai commencé mon dernier chapitre j'en suis à la page 7e. Il en aura quarante. Quand l'aurai-je fini ? Dieu le sait. Quoi qu'il en soit, je compte passer à Paris les mois de mai & de juin – puis j'y retournerai dès 7bre pour n'en bouger de long-temps. Alors on se verra !… ?

J'ai lu *Nana* en volume, d'un seul trait, & je vous trouve un peu dur p[ou]r cette œuvre ? il y a des choses bien fortes, des cris de passion superbes, et deux ou trois caractères (celui de Mignon entre autres) qui m'ont ravi.

Le jeune Maupassant a failli avoir un procès de presse. Je dis failli, car on a arrêté les poursuites à peine commencées. À ce propos, j'ai publié une lettre dans *Le Gaulois* (le dernier samedi de janvier), je n'ai pas même eu le temps de relire mon morceau ! aussi est-il assez mal torché. Jamais je n'ai fait une concession pareille, mais le pauvre petit bougre m'apitoyait. Je vous dirai entre nous (tout à fait *entre nous*) que la santé de mon disciple m'inquiète. Il a un *cœur* qui lui jouera subitement q[uel]que mauvais tour, je le crains.

Pensez-vous à l'affaire de Commanville, une consultation près d'un avocat, relative aux bois du prince Sollooub (ce ne doit pas être l'orthographe ? n'importe).

Votre amitié apprendra avec joie qu'il y a maintenant du bleu dans mon horizon pécuniaire. Commanville remonte une scierie à Rouen – il a trouvé les fonds. Le contrat doit être signé, peut-être, ce soir ? cela fait, Comm[anville] part immédiatement p[ou]r Odessa.

Ma nièce seule à Paris se hâte de finir un portrait p[ou]r l'exposition. Vous savez qu'elle n'est pas du tout contente de vous, & je suis sûr qu'elle en dira du mal, ce soir, chez Mme Viardot.

Quoi encore ? un tas de petits livres que des jeunes m'envoient qui ne valent pas la peine d'être nommés. *La conscience* me force à les lire, & ça me fait perdre du temps – ce dont j'enrage ! j'ai déjà tant de choses à lire p[ou]r B[ouvard] *et* P[écuchet]. Maintenant, je suis perdu dans les systèmes d'éducation – y compris les moyens de prévenir l'onanisme ! Grande question ! Plus je vais, plus je trouve farce l'importance que l'on donne aux organes uro-génitaux. Il serait temps d'en rire, non pas des organes, mais de ceux qui veulent coller dessus toute la moralité humaine.

Aujourd'hui le temps est splendide, les arbustes bourgeonnent & les violettes percent sous le gazon. Vous pouvez vous figurer votre ami dans son cadre. Le vôtre est p[ou]r moi brumeux & incertain…

Revenez donc parmi nous, & écrivez-moi le plus longuement possible.

Du fond du cœur & à pleins bras,

votre vieux

G. Flaubert.

Croisset, par Deville

(S^{ne} Inférieure)

233 – Flaubert à Tourgueniev

[Croisset]

Mercredi 7 avril [1880]

Mon bon cher vieux,

Je me réjouis en songeant que dans un mois environ je vous reverrai ! Toutes les inquiétudes que vous aviez sont disparues, Dieu merci ! et bientôt on pourra deviser longuement.

Le dimanche de Pasques, les oreilles v[ous] ont-elles corné ? On a porté chez moi un toast à Tourgueneff en regrettant sa présence. Ont choqué leur verre de champagne à votre santé 1° votre serviteur, puis Zola, Charpentier, A. Daudet, Goncourt, mon médecin Fortin et « cette petite canaille de Maupassant », comme dit Lagier. – À propos de Maupassant, son état n'est pas si grave que je le craignais ; il n'a aucune affection organique, mais le jeune homme est archi-goutteux, ultra-rhumatisant & totalement névropathe. – Après avoir dîné ici, ces messieurs y ont couché, – & sont repartis le lendemain après avoir déjeuné. Il m'a fallu de l'entêtement p[ou]r ne pas leur lire q[uel]que chose de *B. & P.* !

Pradier, quand il travaillait aux Invalides en 1848, avait coutume de répéter : « Le tombeau de l'Empereur deviendra le mien », tant il était fatigué de sa besogne. Moi, je peux dire : « Il est temps que la fin de mon livre arrive, sinon ce sera la mienne. » Franchement, j'en suis tanné, fourbu ! Ça tourne au pensum ! & j'en ai encore p[ou]r trois mois ! – sans compter le second volume qui m'en demandera six ! J'ai peur, en somme, que l'effet ne réponde trop peu à l'effort, & je me sens si épuisé, que le dénouement pourrait bien être anémique & raté !

Du reste, je n'y comprends plus goutte, & j'ai les membres moulus, avec des crampes d'estomac, car je ne dors presque plus. – Mais assez de gémissements !

Voici mes projets d'existence : j'espère être à Paris vers le 10 mai, y rester jusqu'à la fin de juin, passer à Croisset deux mois à faire des Morceaux p[ou]r mon second volume, puis revenir à Paris en septembre, & n'en bouger de longtemps.

Commanville doit être aujourd'hui à Trieste. Il est content de son voyage en Russie.

Ma nièce, dont les deux portraits sont reçus à l'Exposition, vous envoie ses amitiés.

Les journaux ont roulé dans la boue notre ami Du Camp, le nouvel académicien.

La Vie moderne continue à me déshonorer par les illustrations du *Château des Cœurs*. Ma pauvre Féerie n'a pas de chance ! Mais aussi, p[ou]rquoi avoir écouté les conseils des *Autres* ? P[our]quoi avoir fait des concessions ?

Je ne lis aucun des livres qu'on m'envoie, par conséquent ne puis vous donner aucune nouvelle littéraire.

Ma plus grande indignation porte maintenant sur les Botanistes. Impossible de leur faire comprendre une question que je trouve très claire ! Vous verrez cela vous-même, & vous serez stupéfait du peu de *jugement* qu'il y a dans ces cervelles !

Tâchez de trouver q[uelq]ues minutes p[ou]r m'écrire. Vous serez bien gentil. – Ne reculez pas votre retour parmi nous.

Je vous embrasse à pleins bras, mon cher vieux.

Votre
Gve Flaubert

234 – Flaubert à Tourgueniev

[Croisset]
15 avril [1880]

Mon vieux chéri,

N.B. Commanville vous prie de lui envoyer le nom & l'adresse de votre avocat afin qu'il puisse, sous votre recommandation, se mettre en rapport avec lui.

Il (Commanville) est revenu de Russie, samedi dernier, enchanté des affaires qu'il a faites là-bas. Sa scierie marchera avant deux mois.

Quant à moi, mon bon, je suis *exténué* de fatigue. *B. et P.* m'embêtent ! & il est temps que ça finisse. Sinon, je finirai moi-même.

Mon intention est d'être à Paris vers le 8 ou le 10 mai, probablement de dimanche prochain en trois semaines. – Mon 1er volume ne sera pas terminé avant la fin de juin. Après quoi, j'en aurai encore p[ou]r 6 mois !

Quand vous reverrai-je ? Au milieu de mai, n'est-ce pas ? Qu'il me tarde de vous embrasser ! Votre vieux

Gve Flaubert

Vous avez dû recevoir une lettre de moi il y a une quinzaine ?

235 – Tourgueniev à Flaubert

Moscou
Boulevard Pretchistenskoï
Comptoir des Apanages
Jeudi 6 mai 1880.
24 avril

Mon bon vieux,
Ce n'est pas une lettre – c'est un signe de vie que je donne. – Je vais bien, je tourne et m'agite

comme un écureuil dans sa cage – je suis ici depuis une semaine, je pars lundi prochain pour la campagne – j'y passerai dix jours à humer l'odeur des bouleaux et entendre *gueuler* les rossignols – je reviens à Moscou pour la fête de l'inauguration de la statue de notre grand poète Pouchkine (N.B. Vous recevrez une invitation du Comité ! Naturellement, vous ne viendrez pas – mais si vous envoyez un télégramme, il sera lu aux applaudissements enthousiastes des convives du banquet) – et puis je file – et dès la première dizaine du mois de juin je suis à Paris – et j'espère vous serrer dans mes bras. Maintenant, quant à l'avocat dont vous parle Commanville, communiquez-lui l'adresse suivante :

Mr Victor Gaïefski, St-Pétersbourg, rue Litéïnaïa, 48. C'est une sommité et une autorité – et de plus, c'est l'avocat de la légation française à St-Pétersbourg. – Il a été prévenu par moi et il fera tout pour être utile à Mr Commanville.

Faites-lui mes amitiés, ainsi qu'à votre nièce ; moi, je vous embrasse et à bientôt.

Votre vieux Iv. Tourguéneff

cet ouvrage a été composé
en palatino corps 11
par nord compo
à villeneuve-d'ascq.

achevé d'imprimer
par l'imprimerie CPI Bussière
Saint-Amand-Montrond, en mai 2022,
pour le compte du passeur éditeur.

Dépôt légal : avril 2021.
N° d'imprimeur : 2065125
Imprimé en France.